DIE GEFÄHRTIN DES BÄREN (BOREALIS-BÄREN, BUCH 3)

VIVIAN AREND

Borealis-Bären 3: Die Gefährtin des Bären

Originaltitel: The Bear's Forever Mate © 2020 by Arend Publishing Inc.

Copyright für die deutsche Übersetzung: Borealis-Bären 1: Die Erwählte des Bären

© 2021 Helena Tamis

Lektorat: Nadine Manz

Cover-Desig: © Damonza

Lektorat Original: Anne Scott

Korrektorat Original: Angie Ramey, Linda Levy & Manuela Velasco

ISBN: 9781989507773

Deutsche Erstausgabe Dezember 2021

www.vivianarend.com

Es bleibt noch einer.

Natürlich leuchtet es ein, dass er der Letzte sein würde, der meinen Anweisungen folgt und sich eine Partnerin sucht. So stur wie der Tag lang ist, genau wie sein Vater.

Wie jeder andere Mann in dieser Familie, wenn wir mal ehrlich sind.

Cooper ist mir letzten Endes vermutlich am ähnlichsten. Mit Beschützerinstinkt, voller Fürsorge – er ist ein Fels für die übrige Familie. Der Junge bringt ständig seine Brüder dazu, zu ihm zu kommen und um Rat zu fragen, und in jeder Gruppe scheinen sich alle immer nach ihm zu richten.

Er strebt danach, für alle anderen das Richtige zu tun. Es wird verdammt nochmal Zeit, dass er zur Abwechslung das Richtige für sich tut.

Der sture Junge würde mir da widersprechen, da bin ich mir sicher. Eine Ausbildung im Rechtswesen geht niemals fehl, außer, wenn die jungen Racker sich damit aus einer Niederlage in einer Diskussion mit mir herauswinden wollen.

Ich weiß nicht, weshalb er glaubt, er könnte weiterhin damit davonkommen, so widerborstig zu sein. Diesen Charakterzug hat er von einer anderen Seite der Familie. Vermutlich von meiner geliebten Partnerin, obwohl ich Laureen meine Vermutungen niemals mitteilen würde.

Auf jeden Fall kenne ich den Typ Frau, den Cooper braucht. Sie muss ganz sanft vorgehen, um seinen Beschützerinstinkt zu überwinden, braucht aber ein stählernes Rückgrat, um Zwang auszuüben, wenn er unvernünftig wird. Amber ist definitiv die Eine für ihn, und sie und das Paarungsfieber lassen Cooper auf keinen Fall davonkommen.

Also ja, auch mein ältester Enkel wird fallen, ganz gleich, wie sehr er das Gegenteil glaubt. Für diese Verkupplung habe ich die Räder schon vor so langer Zeit in Bewegung gesetzt, dass er nichts ahnend hineinschlittern wird. Er wird nicht mal ahnen, dass ich die Hände im Spiel hatte.

Was auch gut so ist, schätze ich. Ich muss mich nicht damit rühmen, meine Enkel zu verkuppeln. Ich will einfach nur, dass Laureen und ich Urenkel knuddeln können, und wenn ich die Zeichen richtig deute, könnte diese letzte Verbindung am Ende der perfekte Startschuss für die nächste Generation sein.

Dass man alt wird, heißt auch, dass man Zeit hat, zu beobachten, wie ihre Geschichten sich entwickeln. Ich kann es kaum erwarten, zu sehen, was Weihnachten für die Borealis-Familie bringt, und ganz besonders für Cooper und Amber.

Ich prahle nicht, bis alles abgeschlossen ist, aber so kommt es ...

Ich weiß es bereits!

ZWISCHENSPIEL

Dezember. Eine abgelegene Hütte, irgendwo in der Wildnis der kanadischen Nordwest-Territorien.

Cooper Borealis packte den Fensterrahmen fester und kämpfte um Kontrolle.

Ich weiß nicht, weshalb du alles so kompliziert machen musst, beschwerte sich sein innerer Bär. *Es ist das Paarungsfieber, keine Guillotine.*

Es gibt Gründe. Ich habe das doch schon erklärt. Du bist kein Mensch, darum verstehst du es nicht, aber das ist wichtig. Erinnere dich an dein Versprechen.

Gespräche mit seiner Shifter-Seite waren so natürlich wie das Luftholen, aber gerade jetzt, gerade hier? Cooper stand kurz davor, in ein Katastrophengebiet abzudriften, und die Erklärungen mussten kurz und freundlich bleiben.

Eine weitere Woge des sexuellen Verlangens strömte durch seinen Körper, und er bebte, während er sich von der winterlichen Szenerie abwandte. Früh an diesem Vormittag hatte er sich in diese kleine Hütte zurückgezogen, und nun war es an der Zeit, sich einzuschließen, damit er nichts Unkluges tat, wie etwa losziehen und die Frau aufspüren, die er wollte.

Die Frau, mit der er zusammen sein wollte, *Wenn Es An Der Zeit War*. Was in etwa fünf Jahren der Fall sein würde. Vielleicht etwas eher, falls er und Amber Myawayan mit all den Problemen fertig wurden, die bis dahin noch vor ihnen lagen.

Ein tiefes Grollen dröhnte in seinem Inneren, und Cooper spürte, dass er am Ende der Fahnenstange angekommen war. Kein Problem ...

Naja, viele potenzielle Probleme, aber weniger, wenn sein Eisbären-Ich sich benahm.

Weißt du noch, dein Versprechen?, fragte Cooper schon wieder.

Das ist erstaunlich nervig, fuhr ihn die Bestie an. *Weshalb glaubst du, ich habe die Aufmerksamkeitsspanne einer Mücke, wenn ich Teil von dir bin und ich annehmen muss, dass du dich nicht selbst für inkompetent hältst?*

Du musst nur einsehen, dass es ernst ist, wiederholte Cooper.

Er setzte sich aufs Bett und schaute zweimal nach, ob alles, was er brauchte, in Reichweite war. Eine Kühltasche mit Essen, ausreichend Wasser. Er zerrte an der Kette, die auf dem Boden lag, ihre glänzenden Glieder führten zum Bad und zurück zum Bett. Das Haltesystem aus schwerem Metall war lange genug, dass es ihm möglich sein würde, während der Dauer des Fiebers hier eingesperrt zu bleiben, ohne sich zu verletzen.

Doch die Kette war so kurz, dass er die Tür nicht erreichen und weggehen konnte. Es war so perfekt, wie es in dieser wilden Lage nur sein konnte.

Solange sein Bär nicht seine Kraft einsetzte, um auszubrechen.

Cooper legte die Handschelle um sein linkes Handgelenk. *Du hast versprochen, dich im Verlauf des Paarungsfiebers rauszuhalten. Du wirst nicht die Kontrolle übernehmen und dich verwandeln und die Fessel zerbrechen. Du wirst nicht ...*

Ich werde dir in den Arsch treten, wenn du mir weiter Vorträge hältst, als wäre ich ein fünfjähriges Junges. Ich habe deine Erklärung gehört, warum du das Fieber nicht genießen willst, und obwohl ich glaube, dass dir ein paar Fische im Fass fehlen, habe ich es versprochen. Jetzt. Halt. Dein. Maul. Du nervst.

Die Gespräche mit seiner Shifter-Seite kamen zum Erliegen, als wäre ein Hahn abgestellt worden.

Es schien, als wäre die verdammte Bestie trotzig.

Cooper zuckte mit den Schultern, dann befestigte er die Handschelle und zog leicht daran, um sicherzugehen, dass seine Menschenstärke nicht ausreichte, um die Kette aus der Verankerung im Bettkasten zu reißen. Er war ein großer Mann, und es war nicht unmöglich, dass er sich von einem normalen Bett und einer Fessel losriss.

Darum hatte er dafür gesorgt, die nötige Ausstattung in diesem Unterschlupf anbringen zu lassen, als er die Hütte gebucht hatte.

Als selbst ein festes Zerren nicht gegen die metallenen Verstärkungen ankam, legte sich Cooper auf die Matratze und schloss die Augen.

Das Paarungsfieber war da.

Seine Gedanken wurden verworren, als Verlangen und der Drang, den Gegenstand seines Begehrens aufzuspüren, erneut aufblitzten. Diesmal kämpfte Cooper nicht gegen die Bilder an, die durch seinen Verstand wirbelten.

Amber, dunkles Haar fiel ihr über eine Schulter, während sie unter gesenkten Wimpern zu ihm aufsah.

Die einzige Frau, die er wollte, und ihr Pulli klaffte auf, um nackte Haut an der Schulter und die obere Rundung ihrer Brust zu enthüllen.

Die wunderschöne japanisch-kanadische Frau starrte ihn an, ihre Augen dunkel und voller Sorge, während sie sich dicht an ihn beugte. Sie kniete auf dem Bett neben ihm, so weit entfernt, dass sie eine Hand auf seine nackte Brust legen musste, um im Gleichgewicht zu bleiben.

Ein merkwürdiges Gefühl sickerte durch seine fiebrigen Gedanken. Der Druck auf seiner Brust war echt.

O mein Gott, er hatte einen Herzinfarkt. Dass er sich dem Fieber verweigerte, würde buchstäblich sein Tod sein.

Cooper riss die Augen auf, um festzustellen, dass die dunklen Augen, die Knie auf der Matratze und die sexy Frau, die über ihm war, nicht seiner fiebrigen Fantasie entsprungen waren.

Amber war wirklich da.

Oh, verdammt ...

1

Zwei Wochen zuvor, Yellowknife, Nordwest-Territorien

ie Lichter im Raum über der *Diamond Tavern* waren alle an, das satte Gelb und Gold trieb die winterliche Dunkelheit zurück.

Cooper leerte sein erstes Glas Whiskey aus, dann füllte er den Drink auf, ehe er sich in seinen Sessel zurücklehnte. Er achtete nicht auf die alte Uhr an der Wand, die gleich die volle Stunde ankündigen würde.

Seine Brüder waren zu spät für ihr wöchentliches Treffen. Wieder einmal.

Obwohl er annahm, dass er es ihnen nicht zum Vorwurf machen konnte. Seine beiden jüngeren Geschwister hatten zu Hause inzwischen Damen, die sie auf Trab hielten ...

Von irgendwo weiter unten drang Gelächter herauf. Ein voller Klang aus Alex' Brust, dem James gleich nachfolgte. Zufriedenheit und Glück, die herausbrüllten, dass sie nicht nur eine Gefährtin, sondern mit ihren Partnerinnen auch sexuelle Erfüllung gefunden hatten.

Das Bild tiefbrauner Augen und herrlich weicher

langer, herabfallender Haare schoss zusammen mit ihrem Geruch durch Coopers Gehirn. Sein Körper reagierte sofort, und er streckte die Beine aus, um sich mehr Platz zu verschaffen. Er konnte nicht einmal seine tierischen Instinkte vorschieben – das war eine ganz menschliche Reaktion auf eine riesige Verlockung.

Einen Augenblick später schwang die Tür rechts von ihm auf, und Amber Myawayan streckte den Kopf heraus. „Ich habe die letzten Aufgaben abgeschlossen, die du erledigt haben wolltest. Brauchst du noch was, ehe ich nach Hause gehe?“

Was brauchte er? Er wollte sie aufheben und am Puls an ihrem Halsansatz lecken, das wäre ein guter Anfang. Oder vielleicht die Hände um ihre Taille legen und sie auf seinen Schreibtisch setzen, nachdem er jeden Quadratzentimeter Stoff von ihrem Körper entfernt hatte, sie dann zurücklegen, um sich an der Süße zwisch...

Cooper schüttelte fest den Kopf, als seine Brüder das Zimmer betraten. „Nichts, danke.“

„Dann sehen wir uns morgen.“ Sie lächelte Alex und James an, während sie sich an ihnen vorbeischlängelte, durch die Tür ging und Coopers Herz mitnahm.

Sein Bär stürzte sich vor.

Cooper zwang die Bestie wieder unter seine Kontrolle. *Noch nicht.*

Aber du willst sie, grollte sein Bär.

Geduld, tadelte ihn Cooper.

Du weißt, dass wir es hassen, geduldig zu sein, behauptete sein Bär einfach. *Geduld nervt.*

Tatsächlich, das tat sie.

„Hey, Amber. Ich habe es beinahe vergessen. Schick Kaylee eine Nachricht“, rief ihr James nach, während er sich in seinem Sessel niederließ, der im rechten Winkel zu dem von Cooper stand. „Sie will irgendetwas mit dir besprechen."

„Mache ich." Ihre Antwort schwebte die Stufen herauf, ihre Stimme wurde schwächer.

„Ich hoffe, davon ist noch was da", sagte Alex mit einer Geste zu Coopers Drink. Er grinste, als er die Whiskeyflasche sah, und ging hinüber, um sich selbst und James etwas einzuschenken. „Das ist etwas, was ich an dir mag, Coop. Immer vorbereitet, besonders bei den wichtigen Dingen."

Cooper lächelte, als er das Kompliment annahm. „Es ist eines meiner vielen Talente."

Seine jüngeren Brüder hoben die Gläser, ehe sie langsam nippten. Anerkennende Geräusche kamen sofort von Alex und James, was, wie Cooper zugab, extrem befriedigend war.

Er war gerne gut in dem, was er machte, ob es nun die Leitung der Edelsteinfirma der Familie war, oder die Auswahl edler Getränke. Es brachte nichts, eine Aufgabe anzupacken, wenn man sie nur mit halbem Herzen erledigte.

„Hat jemand von euch in letzter Zeit von Mom und Dad gehört?" James stellte die Frage, in seinen Augen ein zufriedenes Leuchten, während er die Füße hochlegte und sich entspannte.

Alex schüttelte den Kopf. „Im letzten Update hieß es, sie hätten vor, mit uns irgendwann vor Jahresende zu skypen, aber sie waren unterwegs in ein Gebiet ohne Netzanbindung. Ich erwarte keine weiteren Neuigkeiten mehr bis kurz vor Neujahr. Sie würden Opas Geburtstagsfeier niemals verpassen, selbst wenn es nur ein virtueller Besuch ist."

„Kaylees Eltern werden während der Feiertage auch

noch irgendwo im Nirgendwo sein. Was nicht ganz schlecht ist." James verzog das Gesicht, während er nachdenklich seinen Whiskey herumwirbelte. „Ich schätze, beim Weihnachtsessen werden dann wir zu fünft sein, und Opa und Oma."

Amber sollte auch kommen, schlug sein Bär vor.

Seine innere Bestie hatte immer etwas zu melden. Cooper musste seiner anderen Hälfte ständig erklären, wie die echte Welt funktionierte, denn seine Bärenseite schien Logik und Vernunft nicht verstehen zu können, zumindest nicht über einen gewissen Punkt hinaus. Es war nicht, dass er kindisch gewesen wäre – seine tierische Seite war verflixt klug – aber ... vielleicht unschuldig. Seine Vorschläge waren nicht immer für Menschen angemessen.

Sie gehört nicht zur Familie, sagte Cooper geschmeidig. *Zusammenkünfte an den Feiertagen sind für die Familie.*

Sie gehört fast zur Familie, erwiderte die Bestie. *Sie kennt alle, weiß alles, und sie ist die ganze Zeit über da.*

Vertrau mir, das ist eine Menschensache. Ich weiß, dass sie häufig da ist, aber deswegen wird sie noch nicht zu Familie. Feiertage sind nur für die unmittelbare Familie, außer wir alle entscheiden es anders. Es spielte keine Rolle, dass Coopers Plan vorsah, dass Amber eines Tages zu der Familie gehören würde, denn dieser Zeitpunkt war noch nicht gekommen.

Menschenregeln ergeben keinen Sinn, kommentierte sein Bär trocken.

Du verstehst Logik nicht.

Logik ergibt keinen Sinn, wenn das bedeutet: keine Amber.

Okay, da konnte Cooper nicht widersprechen.

Während er mit seinem inneren Bären geplaudert hatte, hatten Alex und James weiter die Pläne für die

Feiertage besprochen. James nickte, dann klärte er Cooper auf: „Wenn Oma und Opa einverstanden sind, kommen wir Weihnachten zu ihnen rüber. Es ist ja nicht so, als würden wir uns nicht regelmäßig zum Essen treffen, aber da das eine größere Nummer ist, ist Alex für den Geschenketausch zuständig, und Kaylee sagte, sie würde das Essen organisieren. Wir tragen alle etwas bei, damit an Oma nicht die ganze Arbeit hängen bleibt."

„In einer anderen Angelegenheit läuft auch langsam die Zeit davon." Alex war derjenige, der es ansprach, aber seine beiden Brüder hatten ernste Mienen auf, während sie sich drehten, um Cooper zu mustern.

„In Opas Brief hieß es, dass wir die Dinge geregelt kriegen müssen, bevor das Jahr zu Ende geht. Das Paarungsfieber und alles." James dachte nach, dann hellte sich sein Gesicht auf. „Hey, mir ist gerade was eingefallen. Hat dich das Fieber nicht im frühen Januar erwischt? Vielleicht kriegst du es bis dahin nicht, was heißt, Opa wird dich nicht für dein Versprechen verantwortlich machen können, denn er hat seine Forderung erst im März gestellt. Er wollte doch die Eigentumsurkunden am Ende *dieses* Jahres fertigmachen, oder?"

Das hatte Cooper bereits bedacht. „Es könnte vielleicht eine valide Rücktrittsklausel sein, aber ich werde bereit sein, ganz gleich, was passiert. Keine Sorge, ich werde nichts tun, um aufs Spiel zu setzen, was ihr beide erreicht hat."

Obwohl er durchaus eigene Pläne und Hoffnungen hegte, hatte die Forderung ihres Großvaters, dass die drei dem Paarungsfieber dieses Jahr nachgaben oder die Kontrolle über das Familienunternehmen verloren, Cooper zum Handeln gezwungen. Seine Liste *Wie Man Am Besten*

Und Bequemsten Unter Die Haube Kommt fuhr plötzlich schon unter Überlast, ohne dass er das gewollt hatte.

Alex hatte versucht, das Schicksal in die Hand zu nehmen, indem er jemanden ausgesucht hatte, der möglichst unpassend war, als ihn das Fieber erwischt hatte. James hatte die Beste gewählt – seine beste Freundin. Cooper war eher wie sein jüngerer Bruder, und er hatte auch schon jemanden im Sinn. Sie wäre perfekt …

… in etwa fünf Jahren. Sie mussten noch viel zu viele Dinge lösen, ehe Cooper in Aktion treten und Amber von den Füßen holen konnte.

Wollte er sie? Auf jeden Fall, aber die Tatsache, dass er ihr Boss war, war noch die geringste ihrer Schwierigkeiten.

Er hatte natürlich *alle* Hindernisse erfasst. Sie waren in der *Barrieren Für Das Paarungsvergnügen*-Liste erläutert und festgehalten.

Zum Glück hatte Cooper, da er im Lauf der letzten zehn Jahre regelmäßig mit dem Paarungsfieber zu tun gehabt hatte, ein wenig mehr Munition im Kasten, wenn es darum ging, sich dem Fieber zu stellen *und* das Versprechen zu halten, das er seinen Brüdern bezüglich des Ultimatums ihres Opas gegeben hatte.

Die Seite in seinem Notizbuch, die dieses Thema behandelte, war mit *Das Fieber Überstehen, Ohne Es Zu Versauen* betitelt.

Ein Titel für seine Listen kam ihm nicht immer gleich in den Sinn, und oft war die schlichte Wahrheit am besten.

Nein, so sehr er auch die Zeit mit seinen Geschwistern genossen hatte, Cooper wusste, dass es eine Million Arten gab, auf die das falsch laufen könnte, und falls er sehr, sehr vorsichtig war, und sehr entschlossen, würde es ihm möglich sein, sich und Amber durch den nächsten Monat zu bringen, ohne dass die Welt einstürzte.

Sobald die Eigentümerschaft von Borealis Gems sicher geregelt war, und sobald er gegenüber seinen Brüdern Wort gehalten hatte ... sobald das Fieber durch und erledigt war und die anderen Hindernisse zwischen ihm und Amber sich erübrigt hatten ...

Dann würde er ihr mit hartnäckiger Entschlossenheit nachstellen. Der Entschlossenheit eines Eisbären.

Etwas stach ihn in die Hand. Er blinzelte und wurde wieder aufmerksam, um festzustellen, dass Alex vor ihm stand, ihm einen Stapel Papiere in die Handfläche schob.

Cooper öffnete den Umschlag, um darin eine Liste von Sicherheitsprotokollen zu finden, die Alex für die kommenden Festtagsveranstaltungen aufgestellt hatte. Eine identische Liste befand sich bereits auf seinem Hauptschreibtisch im Büro, wo die äußerst effiziente Amber sie schon früher am Nachmittag hinterlegt hatte. „Was ist das?"

„Du hast angerufen und um ein Update gebeten." Alex runzelte die Stirn, während er sich wieder hinsetzte. „Bist du schon unterwegs in den Winterschlafmodus, Bruder? Du bist im Augenblick nicht gerade die hellste Leuchte."

James' Augen gingen weit auf, und er beugte sich vor, ein begeisterter Unterton in der Stimme. „Ist es das Fieber?"

„Nein, es ist nicht das verdammte Fieber, und wir machen keinen Winterschlaf. Arschlöcher." Cooper knüllte die Papiere zu einem Ball zusammen und warf sie in den Müll, schüttelte den Kopf, als das Papier vom Rand abprallte und in einem unordentlichen Haufen auf dem Boden landete.

„Du musst üben, Coop", neckte ihn James.

„Ich hab's schon drauf." Oder würde es draufhaben. Cooper würde das sicherstellen. In allen Variationen.

Nun war es an der Zeit für Geduld und Logik und mehr als alles andere dafür, zu vermeiden, allein mit der köstlichen Amber Myawayan zu sein.

Üben? Was willst du üben?, fragte sein innerer Bär träge.

Misch dich nicht ein, warnte Cooper. *Das ist Menschenzeug.*

Ich würde mich nicht mal im Traume einmischen. Menschenübungen sind für Menschen. Ich werde mich an das halten, was Bären am besten können.

Auf gar keinen Fall würde er darauf eingehen, denn ehrlich? Er wollte nicht wissen, was für einen Unfug seine Bestie geplant hatte. Im Hier und Jetzt gab es darauf nur eine Reaktion.

Cooper kippte sein volles Glas Whiskey in einem Zug weg.

2

Dunkelheit lag über dem Land, schmiegte sich in die Täler und an die Bäume wie eine warme Decke. Die winterliche Nachtluft war eisig und klar, und Schnee bedeckte den Boden in dicken Schichten. Darüber tanzten die leuchtenden Nordlichter, und ihre glühende Helligkeit brachte eine Weichheit und gewisse Magie in den Abend ein.

Amber würde alle Magie nehmen, die sie kriegen konnte, wenn sie half, ihre Träume zu verwirklichen.

„Tut mir leid, dass ich zu spät komme." Kim, die Frau an ihrer Seite, entschuldigte sich zum zigsten Mal.

Amber winkte bei der Bemerkung abermals ab, gestattete sich einen erheiterten Unterton, während sie das riesige Firmenauto mit Allradantrieb auf ihr Ziel zusteuerte. „Das macht wirklich nichts", beharrte sie. „Ich sehe mir gern die Aurora Borealis an, und dass ich Sie mitnehme, macht es mir leichter, zu rechtfertigen, dass ich morgen Vormittag nicht ins Büro komme, da ich heute spät gearbeitet habe."

Kim lachte leise. „Ich bin nur froh, dass ich nicht versäume, wie ..."

Vor ihnen leuchtete der ganze Himmel auf.

Die Worte der Frau verflogen zu einem leisen verwunderten Seufzen, ihre Handflächen waren auf die Knie gestützt, während sie sich vorbeugte. Ihr Blick war auf die stets veränderlichen wogenden Lichter gerichtet, und ihr Mund stand vor Verwunderung offen.

Amber kannte das Gefühl gut. Sie musste diszipliniert sein, um den Blick auf der Straße zu halten, denn die Nordlichter waren eines der größten Wunder, die sie jemals gesehen hatte.

Sie fuhr auf dem Parkplatz zu den Parklücken, die für die Besitzer und Mitarbeiter von Borealis Gems reserviert waren. „Bringen wir Sie wieder mit Ihrem Mann zusammen. Er wird sich freuen, dass Sie es überhaupt geschafft haben."

Winterlicher Frost umgab sie auf dem kurzen Marsch zu der gemütlichen, wärmenden Hütte. Kleine Lichter, die im Boden eingelassen waren, beleuchteten den Schnee, ohne die Dunkelheit übermäßig aufzuhellen. Die Hintertür des schönen Gebäudes war einladend von zwei sanft glühenden Lampen beleuchtet, doch die spezielle Bauweise ließ das Innere des Gebäudes vom Boden bis zur Decke dunkel. Die Schwärze schuf eine wunderbare Aussichtsgalerie für jene, denen es zu viel war, draußen in den Elementen zu sein.

„Wir gehen hier entlang", wies Amber an, denn obwohl die Hütte eine Möglichkeit war, würde dort nicht die echte Tour beginnen, und sie erwartete nicht, dass Kims Mann unter dem Dach auf sie wartete.

Eine Gruppe von Shiftern, die herkam, um die Nordlichter zu sehen? Draußen, die ganze Zeit.

Amber bog um die Ecke und sah *ihn.* Cooper, die Quelle so vieler Fantasien und Sehnsüchte. Hochgewachsen und wuchtig, mit mörderischen Armen, die sie inspiriert hatten, ihren Schreibtisch anders hinzustellen, um eine bessere Sichtlinie darauf zu haben. Nun verbrachte sie ihre Tage damit, ihn insgeheim zu beobachten und auf den Augenblick zu warten, in dem er in seinen Aufgaben versank und sich gedankenlos die Ärmel hochrollte, wodurch er besagte Arme offenlegte.

Ein Seufzen entglitt ihr, ehe sie es aufhalten konnte.

Der ganze Mann war erstaunlich – von seinem schwarzen Haar mit den silbernen Spitzen bis hinab zu den muskulösen Beinen, die in seinem geschäftlichen Anzug überhaupt nicht verborgen waren. Seine teure Kleidung war für seinen hochgewachsenen Körper maßgeschneidert, und er war ein schöner Mann.

Aber diese *Arme* – die Ach-so-sexy-Unterarme mit einem Hauch von Behaarung, in der sich das Silber des Lichts spiegelte. Eine natürliche Sinnestäuschung, die sich von seiner tierischen Seite einschlich? Amber war sich nicht sicher.

Sie hatte nicht viele Gelegenheiten gehabt, unter vier Augen Zeit mit der wilden Seite vieler Shifter zu verbringen, obwohl sie gut befreundet mit Kaylee war, einer Luchs-Shifterin.

Sie *wollte* Zeit, um Cooper besser kennenzulernen. Beide Hälften, Mensch und Bär.

Wenn sie ihn nur dazu hätte bringen können, sie wahrzunehmen, ehe sie gezwungen war, alle *Positiven Eigenschaften Von Amber* selbst in eines seiner verdammten Notizbücher zu schreiben.

Nicht, dass sie jemals in seine privaten Tagebücher geschaut hätte. Sie war verführt gewesen, sehr sogar, aber ein paar Dinge waren eben tabu. Vielleicht, wenn sie einmal ein paar Jahre zusammen waren, oder ein paar Jahre mehr, und er ihr die Erlaubnis gab, dann wäre sie willens, in seine private Gedankenwelt einzutauchen.

Denn, ja, sie hatte vor, an diesen Punkt zu kommen. Der einzige Grund, weshalb sie von seiner *Wichtige Gedanken Verdienen Großbuchstaben*-Angewohnheit wusste, war, weil er es die ganze Zeit bei der Arbeit machte. Er war nicht der Typ, der irgendwo in der Mitte seine Methoden änderte, besonders nicht, wenn sie erfolgreich waren.

Sie nahm ihren Mut zusammen und trat vor, Kim an ihrer Seite. Die andere Frau war immer noch fasziniert von der natürlichen Lightshow über ihnen, doch ihr Blick huschte vom Himmel zu dem Bereich vor ihnen.

„Mrs. Wayne. Wie schön, dass Sie es geschafft haben." Cooper sprach höflich, mit einem Hauch der Intensität, die dem Empfänger das Gefühl gab, er wäre der einzige Mensch auf der ganzen Erde.

Oder, dachte Amber, vielleicht war das ihre verdammte Besessenheit von dem Mann, die hier durchschien.

„Amber war so nett, mich abzuholen, nachdem ich den ersten Wagen verpasst habe." Kim neigte den Kopf zu Amber und lächelte sie dankbar an. Dann wandte sie sich an Cooper. „Wissen Sie vielleicht, wo Bruce ist? Ich habe eine Überraschung für ihn."

„Er und der Rest der Gesellschaft sind gerade um die Ecke gegangen, um es sich gemütlicher zu machen."

Kim ließ die Finger in Ambers Richtung flattern, dann machte sie sich begeistert auf, um sich ihrer Gruppe wieder anzuschließen.

Und dann waren es nur noch sie beide. Amber und Cooper, die neben der wärmenden Hütte standen, das verblüffende Schauspiel der Natur schimmerte über ihnen, auf ihrer eigenen, privaten Aussichtsplattform.

Sie drehte sich, bis sie ihm ins Gesicht schauen konnte, und schenkte ihm ihr bestes Lächeln. „Sieht nach einer spektakulären Nacht aus."

Cooper verschränkte die Hände hinter dem Rücken, den Blick nach oben gewandt. Die tanzenden Lichter spiegelten sich in seinen Augen, verwandelten sie in lebende Kaleidoskope. „Es ist niemals ein schlechter Abend, wenn man die Nordlichter beobachtet."

„Stimmt." Sie trat ein wenig näher, schlang den Mantel fester um sich, als würde sie die Bewegung zu ihm hin dem eisigen Novemberwind anlasten, der um sie herumpeitschte. „Mit den richtigen Leuten ist aber alles besser."

Eine Sekunde lang dachte sie, das wäre es. Der Augenblick, nach dem sie sich gesehnt hatte. Seine Atmung beschleunigte sich, und er beugte sich dichter heran – vielleicht, weil er zugeben würde, dass er und sie, zusammen, die *richtigen Leute* waren?

Denn sie hätte schwören können, im Lauf der letzten beiden Jahre war sie nicht die Einzige gewesen, die ein Interesse daran entwickelt hatte, eine vertiefte Beziehung aufzubauen. Ja, sie hatte für ihn gearbeitet, über seinen putzigen Humor gelacht und sein Arbeitsethos bewundert. Aber es war die Art, wie er sich um seine Familie kümmerte, mit seinen hartnäckig guten Absichten, die ausschlaggebend gewesen war. Zwei Jahre bedeuteten, sie hatte genug über den Mann erfahren, dass sie ihn durch und durch bewunderte. Er war jemand, zu dem sie eine große Zuneigung entwickeln könnte ...

Gepfiffen sei auf Diplomatie. Cooper war *genau* die Art Mann, in die sie sich verlieben wollte. Noch grober ausgedrückt – sie war schon auf halbem Weg dorthin, oder mehr.

Sie war sich sicher, dass er an ihr genauso interessiert war, aber den großen, knurrigen Bären dazu zu bringen, irgendetwas zuzugeben, war, als wolle man jemandem im Dunkeln beibringen, wie man Schneeschuhe befestigte.

Mehr als nur unbehaglich und nicht sonderlich erfolgreich.

„Die richtigen Leute? Auf jeden Fall." Er hob den Arm und musterte einen Augenblick lang seine Uhr, ehe er eine kurze Nachricht tippte und dann wieder seine statuenhafte Position einnahm. „Wir haben gute Freunde und gute Familien hier im Norden. Und ich weiß, dass unsere Gäste es genießen, die Erfahrung miteinander zu teilen."

Sie war versucht, ihn anzuknurren. Das war überhaupt nicht, was sie gemeint hatte.

Eine spektakuläre Lichtwoge ging über ihre Köpfe hinweg, und sie wurden beide still. Ganz gleich, wie wichtig ihre Pläne waren, es gab Augenblicke, die niemand unterbrechen sollte.

Fünf Minuten vergingen, und sie standen in behaglicher Stille da. Amber hatte gerade beschlossen, dass es Zeit war, einen anderen Ansatz zu versuchen, als das seltsamste Gebilde rund um die Seite des Gebäudes kam. Es dauerte einen Augenblick, um herauszufinden, was, oder genauer gesagt, *wer*, es war. Es war Kim. Die langhaarige Blonde raste auf bloßen Füßen über den verschneiten Bereich, ihre Haare wehten hinter ihr wie eine Fahne.

Sie war nicht nackt – das wäre weniger verwunderlich gewesen. Stattdessen trug die Frau einen Bikini, der irgendwie das Licht reflektierte, während es über ihr auf dem nördlichen Himmel erschien. Blau- und Grüntöne schwebten über ihren Brüsten, und ein Aufblitzen aus

Neonviolett glitt über ihre Hüfte und zwischen ihre Beine, als hätte das Nordlicht über ihnen sich zu einer Umarmung um Kims Körper geschlungen.

„Was um Himmels willen ...?", setzte Cooper an, ehe seine Worte verklangen.

Die Frau rannte, Gelächter hing in der Luft, noch während sie einen Blick über die Schulter warf. Ein großer Bär war hinter ihr her. Nicht, als wäre er darauf aus, um sein Revier zu kämpfen. Nein, das war sehr wahrscheinlich eine Shifter-Angelegenheit. Die Schritte des großen Bären waren eher tänzerisch als bedrohlich, und er hüpfte ein paarmal wie ein Känguru, ehe er die Richtung änderte und Kim auf die Bäume zutrieb.

Amber erbebte. Es war unmöglich, nicht zu reagieren. Sie wusste nur zu gut, was passieren würde, wenn Bruce sie einholte. Shifter waren lüsterne Wesen, und zwischen Partnern gab es keinen Grund, sich zurückzuhalten.

Ganz zu schweigen davon, dass *Menschen* oft zu halb privaten Orten unterwegs waren, um unter der schimmernden Aurora Borealis Sex zu genießen – Gerüchte über die Magie, die die Lichter boten, waren Teil vieler nördlicher Kulturen. Die Geschichten waren auf der ganzen Welt geteilt worden, bis sie irgendwo zwischen Legende und Wahrheit unmöglich zu ignorieren waren.

Das magische Glück, das angeblich auf Paare wartete, die *intime* Aktivitäten vornahmen, reichte aus, um selbst die Zurückhaltenden ein wenig Unterhaltung unter freiem Himmel in Erwägung ziehen zu lassen.

Ambers Puls ging rasant in die Höhe. Sex. Draußen. Mit Cooper.

Ja. Ja, *ja*.

Ihr Puls wurde sogar noch schneller, als Coopers Hand

auf ihrer Schulter landete, und er zog sie an seine Seite. *Ach du meine Güte. Würde er schließlich …*

Er tätschelte sie sanft, als würde er ein erschrockenes Kind beruhigen.

„Ist schon in Ordnung", versicherte er ihr. „Sie sind Shifter. Ihr ist nicht kalt. Und Bruce wird ihr nicht wehtun."

„Das weiß ich." Sie lehnte sich an seine Seite und schaute auf. *Bitte*, er sollte doch in ihrer Miene lesen, was sie so schwer in Worte fassen konnte. *Ich würde mich sehr gerne mit dir unter dem Nordlicht wälzen.*

Er musterte ihr Gesicht, sein Blick blieb einen Augenblick lang an ihrem Mund hängen, und in diesem Augenblick bebten ihre Träume am Rande der Wirklichkeit …

Er tippte ihr auf die Nase, als wäre sie ein Hundewelpe, dann warf er einen Blick über ihre Schulter. „Hey, sieh mal, wer da ist."

Sie blinzelte über den abrupten Wandel. Ihre Gedanken waren immer noch von Verlangen getrübt und ziemlich verwirrt, doch sie folgte seiner Anweisung und drehte sich, um eine vertraute Gesellschaft durch den Schnee auf sie zukommen zu sehen. Ihre beste Freundin Kaylee und deren Partner James. Und Coopers anderer Bruder Alex mit seiner Wolfs-Partnerin Lara.

Kaylee schaute verwundert auf, während James sie weiterführte. „Wow, Cooper, du hattest recht. Es ist ein spektakulärer Abend. Danke, dass du uns eine Nachricht geschickt hast, um es uns wissen zu lassen."

Also war es das, wofür er auf seine Uhr getippt hatte. Um seine Familie zu holen. Es war etwas, das sie an ihm liebte – wie eindeutig wichtig ihm seine Familie war.

Allerdings frustrierend, wenn sie ihre Pläne durchkreuzten.

„Hey, Leute." Amber legte so viel Begeisterung in die Worte, wie sie vorspielen konnte. Eine weitere verlorene Gelegenheit.

Kaylee schlang einen Arm um Amber und zog sie dicht an sich, ehe sie zur Seite glitt, um James einen Kuss zu geben, der den Rest ihrer Gruppe zum Johlen brachte.

Ambers Freundin lächelte süß. „Tut mir leid, dass ich mich öffentlich so daneben benehme, aber irgendwas ist an spektakulären Nächten wie dieser, dass ich mich ganz prickelnd und lebendig fühle."

Ein amüsiertes Schnauben kam von Alex. Er und Lara hatten gerade erst eine kurze, geflüsterte Unterhaltung beendet. Sie tauschten ein Grinsen aus, ehe sie absichtlich dem offenen Feld den Rücken zuwandten. Mit ihrem hyperempfindlichen Wolfsgehör wusste Lara vermutlich genau, was derzeit unter den Bäumen vorging.

„Ein prickelndes Gefühl scheint das verbindende Thema bei den Besuchern heute Abend zu sein. Was geht, Bruder?", fragte Alex Cooper. „Hast du eine Gruppe von FKK-Enthusiasten hergebracht?"

Amber warf einen Blick auf das Feld, doch Cooper trat ihr in den Weg, verstellte, was auch immer dort für ein Herumtollen zu sehen war. „Nur ein paar gut gelaunte Gäste. Kommt schon, Leute. Es ist hier draußen zu kalt für Amber. Ich habe drinnen in der Hütte eine Flasche mit dem guten Zeug, die auf uns wartet."

Der Jubel, den das auslöste, bedeutete, dass es sinnlos war, wenn Amber erklärte, dass ihr eigentlich gar nicht kalt war. Genauso wie es sinnlos war, zu erklären, dass sie, falls ihr kalt gewesen wäre, sich gewünscht hätte, von den Armen des großen Bären gewärmt zu werden.

Aber sie lächelte und folgte den anderen, um mit ihren Freunden das Schauspiel zu genießen, noch während sie einen neuen Angriffsplan fasste.

Bevor das Jahr um war, würden Cooper und sie eine *Sehr Wichtige Und Offene Diskussion* führen. Vielleicht war es an der Zeit, die Verstärkung zu rufen, die ihr versprochen worden war, um es dazu kommen zu lassen.

Auf die eine oder andere Art musste sie ihren Mut zusammennehmen und ihren Bären festnageln. Sie wollte nicht noch einen Augenblick verschwenden.

3

—————

Dinge, Die Vor Dem Durchstehen Des Paarungsfiebers Zu Erledigen Sind

- *Prognosen für das zweite Quartal nächsten Jahres prüfen*
- *Kette kaufen und Alex' Handschellen organisieren*
- *Nachricht zum Jahresende für die Teilhaber*
- *Treffen mit R&D*
- *unbedingt vermeiden, mit Amber allein zu sein*

„Wir werden es echt schwer haben, das Ding zu gewinnen, wenn du mit der Nase ständig in diesem Notizbuch steckst", grollte James.

„Ihr werdet es schwer haben, zu gewinnen, weil ihr gegen den Besten der Besten antretet", kam sofort eine Antwort von Alex ein paar Meter entfernt.

Ein Chor aus Jubel- und Hohnrufen stieg von der Menge hinter ihm auf – einer bunten Schar aus Wölfen aus dem Orion-Rudelhaus.

Lara verdrehte die Augen, dann warf sie einen Blick über die Schulter. „Kinder, benehmt euch."

„Aber wir werden gewinnen", sagte einer vorwitzig. Der hagere junge Mann, Dixon, richtete seine rot-weiße *Wo ist Walter?*-Mütze, sodass der rote Puschel an der Spitze richtig abstand, seine weißen Zähne blitzten vor seiner gebräunten Haut.

„Aber natürlich, Dix", stimmte Lara zu. „Doch du sollst damit nicht prahlen."

„Noch nicht." Alex duckte sich vor dem Schneeball, den James auf ihn schleuderte, nur um direkt in den Weg von Kaylees Geschoss zu geraten. Seine empörte Miene verschwand hinter einem weißen Durcheinander. Als er die Augen wieder öffnete, war es, um seine Schwägerin böse anzugrinsen. „Herausforderung angenommen, Lady."

Chaos. Absolutes und komplettes wunderbares Familienchaos wirbelte um Cooper herum. Er steckte sich das Notizbuch in die Jackentasche und schloss den Reißverschluss, damit er den Festlichkeiten dieses Nachmittags seine volle Aufmerksamkeit schenken konnte.

Am Mittag war die Sonne aufgegangen und so hoch gestiegen, wie sie an diesem frühen Dezembertag kommen würde, was nicht sehr viel war. Sie bot ein kaltes Licht, das auf den Sportplatz der örtlichen Highschool schien, wo sie sich zum besonderen Ereignis des heutigen Tages versammelt hatten.

Jedes Jahr wurde ein hart umkämpfter Eisskulpturen-Wettbewerb in Yellowknife abgehalten. Anwärter von überall auf der Welt machten mit, und die Skulpturen waren Wunderwerke aus Eis und Schnee.

Ein paar Jahre früher war eine besondere, aus der Gemeinschaft erwachsene Version speziell für die Schüler der Highschool auf die Beine gestellt worden. Sie fand ein paar Monate vor dem offiziellen Ereignis statt und war eine

Kombination aus Adrenalinabbau vor den Feiertagen für die Jugendlichen und einfach einer guten Zeit.

Es war eine Idee von Amber gewesen – von wem auch sonst.

Die Sponsoren des Events waren Borealis Gems und Midnight Inc. mit einer Reihe von Vertretern jeder Firma, die sich den Schülern anschlossen, um Kunstwerke aus glitzerndem Eis zu schaffen. Es war alles nur Spaß. Die Preise waren zum Großteil Finanzierungen für die verschiedenen Sport- und Kunstgruppen in der Schule, die ein wenig Geld gebrauchen konnten.

Alle machten mit, erlernten neue Fähigkeiten, und wenn die Sonne unterging und der Wettbewerb vorbei war, aßen sie Pizza. Jede Menge Pizza und Chips und anderes Fast Food, denn so eine Party war das eben.

Großvater Giles klatschte in die Hände, während er vortrat, winkte die Abtrünnigen aus den entfernten Ecken des Sportplatzes herbei.

Er warf einen Blick auf die eifrigen Gesichter. Nachdem er einem Schneeball ausgewichen war und Alex dann einen warnenden Blick zugeschossen hatte, erhob er die Stimme weit über das, wozu ein durchschnittlicher Vierundachtzigjähriger hätte fähig sein sollen. An diesem Mann war nichts zerbrechlich, sein Rücken war ungebeugt und seine Augen strahlten. Nur das silberweiße Haar und sein Bart deuteten auf sein Alter hin.

„Wir sind froh, dass ihr alle heute hier seid. Ich werde keine Zeit damit verschwenden, euch lange vollzulabern. Die Regeln sind einfach – ihr habt alle einen Eisblock und ein Team aus zwei oder mehr Leuten zugewiesen bekommen. Jeder muss mitmachen, während ihr euer kreatives Meisterwerk erstellt. Jeder, der Hilfe braucht oder

Unterstützung beim Werkzeugeinsatz, soll rufen, und einer der Sponsoren für euer Team kommt vorbei und sieht, was zu tun ist." Er schenkte Großmutter Laureen ein Grinsen, zusammen mit einem schelmischen Augenzwinkern. „Meine wunderbare Frau und ich werden am Ende die Juroren sein. Ihr habt drei Stunden. Viel Spaß."

Der verschneite Sportplatz wurde von einem Ausbruch aus Energie erfasst, als die Teenager rasch auseinanderströmten. Zweier- und Dreiergruppen verstreuten sich über den Sportplatz, um sich um die riesigen Eisblöcke zu versammeln, die aufgestellt worden waren. Einige auf Tischen, andere standen frei, alle so groß wie Cooper.

„Ihr legt besser mal los", scherzte Alex. „Je eher ihr anfangt, desto schneller kann ich euch schlagen."

„Er ist furchtbar dreist", bemerkte James, die Arme um seine Partnerin geschlungen, während sie ein paar plüschige Handschuhe anzog.

„Das ist mir an deinem Bruder schon aufgefallen", entgegnete Kaylee trocken. „Das ist ein Risiko, wenn man im Rudelhaus lebt. Er wird immer wölfischer."

Cooper schickte sie zu einer Gruppe aus drei Teenagern, die bereits winkten. Alex und Lara waren in die gegenüberliegende Richtung losgezogen, Hand in Hand, während sie sich den Wölfen anschlossen, die mit ihren zugewiesenen Teams arbeiteten.

„Zeit, dass du dich auch an die Arbeit machst", sagte Opa Giles, während er Oma auf einen der zwei Sessel platzierte, die wie ein königliches Podium aufgestellt waren, dann nahm er den anderen Thron ein. „So sehr ich es auch verabscheue, das zuzugeben, diese Mannschaft von Midnight Inc. hat ein paar fähige Künstler. Borealis Gems muss eine gute Show auf die Beine stellen, oder deine Großmutter und ich werden keine Wahl haben, als alle Preise an unsere Rivalen zu verleihen."

Cooper ignorierte den alten Mann einen Augenblick lang, stattdessen wandte er einen fragenden Blick zu Oma Laureen. „Ich dachte, du würdest meine Partnerin sein."

Sie seufzte schwer. „Meine Arthritis ist heute schlimm, darum habe ich zugestimmt, stattdessen als Jurorin mitzumachen. Keine Sorge. Ich habe einen Ersatz gefunden. Sie wird bald hier sein."

Ein unbehagliches Gefühl kam in Coopers Bauch auf. „Sie?"

Die Antwort traf in diesem Augenblick ein. Amber kam hinter dem Zaun hervor und ging direkt auf ihn zu.

Das war aus vielerlei Gründen nicht gut.

„Oma", tadelte Cooper milde. „Schnitzwerkzeuge sind gefährlich, wenn man nicht weiß, wie man damit umgeht."

Eine perfekte Augenbraue zog sich nach oben, während seine Großmutter auf ihn herabstarrte. Normalerweise war es sein Großvater, der Cooper dazu brachte, sich zu benehmen, aber im Augenblick war es eindeutig Oma Laureen, die sich von ihm nichts bieten lassen wollte.

Sie schniefte. „Ich glaube nicht, dass du dir um etwas Sorgen machen musst."

„Es ist nur so, dass ..."

Missbilligung traf ihn in einer sengenden Woge. „Vertrau mir, Cooper", sagte seine Großmutter milde. „Und sei höflich. Sie hat ihren freien Tag geopfert, um als Ersatz für mich zu dienen."

Amber winkte zur Begrüßung, die andere Hand hielt eine eckige Tragekiste. „Hallo. Ich bin so schnell gekommen, wie ich konnte."

„Sie haben gerade erst angefangen", versicherte ihr Opa Giles, dann wandte er sich zu seiner Frau und redete leise mit ihr, sein Blick konzentriert, als würden sie etwas von äußerster Wichtigkeit besprechen und nicht gestört werden dürfen.

Cooper warf einen Blick auf Ambers strahlendes Gesicht. Das Notizbuch in seiner Tasche gab ein pulsierendes Warnsignal ab. Auf der Liste, die er gerade durchgegangen war, stand, dass es gefährlich war, mit ihr in jeglicher Form allein zu sein.

Die Liste, die ihm in Erinnerung rief, dass sie beim letzten Mal, als sie kurz allein gewesen waren, vor Angst erbebt war, als sie gesehen hatte, wie andere Shifter sich sexuell auslebten. Was würde passieren, wenn er schließlich einen Schritt auf sie zu machte? Würde sie vor ihm weglaufen, und zwar nicht auf die gute Art?

Ihr Lächeln verflog, und er merkte, dass er sie angestarrt hatte, ohne sich zu bewegen, während sein Verstand Überstunden eingelegt hatte.

„Stimmt irgendwas nicht?", fragte sie leise.

Damit ließ sich nicht anders umgehen, als zu bluffen. Sie waren in der Öffentlichkeit, trugen fünf Schichten aus Kleidern – sie zumindest. Natürlich konnten sie Zeit miteinander verbringen, ohne dass er dem tierischen Drang nachgab, der in seinem Inneren anwuchs.

Hehe. Tierisches im Inneren. Findest du das nicht ein wenig klischeehaft?

Cooper wollte mit dem Kopf an die nächstbeste Wand rennen, aber es stand gerade keine zur Verfügung. *Bitte verschone mich heute.*

Du musst lernen, dich zu entspannen, neckte ihn sein Bär. *Tiere sind gut im Entspannen. Wenn du dich vielleicht* mit einem süßen kleinen Ding zusammenrollst, *das himmlisch riecht ...*

Es war nicht leicht, seinen Bären in den Würgegriff zu nehmen und sich zum Lächeln zu zwingen, doch er tat es, damit er Amber antworten konnte, ohne zu knurren. Oder sich auf sie zu stürzen. Sich auf sie zu stürzen, wäre wirklich schlimm.

Das sehe ich ganz anders, grollte seine innere Bestie eine halbe Sekunde, bevor sie mit einem Schnauben verschwand.

Lächeln. Er sollte sich auf das Lächeln konzentrieren. „Die Planänderung hat mich kurz aus der Fassung gebracht, aber jetzt bin ich dabei.“

Sie beobachtete ihn immer noch unbehaglich, darum konzentrierte er sich auf all die Dinge, die sie tat, um ihm das Leben leichter zu machen, statt darauf, wie sehr er sich darauf freute, irgendwo weit in der Zukunft seine anderen Gefühle mit ihr teilen zu können. Offensichtlich war in seiner Miene etwas echte Wärme angelangt, denn die Sorge auf ihrem Gesicht ließ nach.

Amber nickte entschieden. „Komm schon, sehen wir nach, wer Hilfe braucht.“

Um sie herum legten die Schüler Schutzausrüstung an und stürzten sich dann in ihre Projekte. Neue Formen erschienen an den Rändern der Blöcke, an denen herumgesäbelt wurde, Eisschnitze regneten als Mini-Schneestürme herab. Mit nur drei Stunden Arbeitszeit würde niemand etwas besonders Detailliertes fertigstellen können, und das wussten sie alle.

Kreativität und Mut würden belohnt werden.

Cooper blieb neben einem Tisch stehen, an dem drei Mädchen ihren Block in ein dreieckiges Objekt mit einer großen Ausbuchtung auf einer Seite verwandelt hatten.

Zwei der Mädchen verzogen das Gesicht, während die dritte schnell sprach, ihre Hände bewegten sich in dem Versuch, zu beschreiben, was ihrer Meinung nach als nächstes geschehen musste.

Eines der Mädchen schüttelte den Kopf, wandte sich an Cooper und Amber. „Es klingt schon irgendwie sinnvoll, aber ich sehe nicht, wie wir das tun können, ohne das ganze Eisstück zu ruinieren."

Cooper zögerte. Er war sich auch nicht sicher, wie er bei dieser Idee helfen konnte.

Amber stellte die Kiste, die sie getragen hatte, neben ihnen auf dem Tisch ab, hörte sorgsam zu, während das dritte Mädchen wieder versuchte, es zu erklären. „Ich verstehe euer Problem."

Sie klappte die Kiste auf und zog etwas heraus, das ziemlich nach einem Elektromesser aussah. Das war es auch – und eindeutig ein starkes. Sie schaltete es ein und trat rasch vor das Dreieck.

Ein paar Schnitte später nickten die Mädchen aufgeregt, ihre Stimmen überschlugen sich mit eifrigen Vorschlägen.

Doch Amber schaltete das Werkzeug ab und deutete auf das, was sie zum Arbeiten hatten. „Jetzt, da ich den Anfang für euch gemacht habe, macht ihr weiter."

Anstatt des groben Dreiecks mit einer unförmigen Ausbuchtung war es nun der eindeutige Umriss einer Halskette an einem Ausstellungskasten. Ein ziemlich passendes Projekt für einen Wettbewerb, der von zwei Diamant-Firmen gesponsert wurde.

Die Mädchen machten sich eifrig an die Arbeit, ihre kleinen Werkzeuge klirrten am Eis, während sie plauderten wie eine Schar Eichhörnchen, die Nüsse versteckte.

Amber spazierte neben ihm zum nächsten Arbeitsplatz, ein befriedigtes Grinsen auf dem Gesicht.

„Ich wusste nicht, dass damit umgehen kannst", gab Cooper zu.

Sie schaute auf. „Ich habe viele Talente."

„*Das* wusste ich bereits. Und bin dankbar darum." Sein Tonfall war trocken, doch leicht neckend, und ihr Gesicht hellte sich auf eine Art auf, die einen Schauer durch ihn hindurch gehen ließ.

Verdammt, das war so unfair. Er *wollte* Dinge tun, die Amber glücklich machten. Er wollte jeden einzelnen Tag diesen Ausdruck auf ihr Gesicht legen, doch das konnte er nicht. Noch nicht.

Sie gingen weiter, Amber auf dem unebenen Boden, behutsam, ihre Stiefel sanken in den Pulverschnee. „Ich bin mit einer meiner Pflegefamilien auf einer Reihe von Eisskulptur-Events gewesen. Mom war eine ganz gute Künstlerin, und immer an neuen Dingen interessiert. Mason und ich haben zusammen mit ihr gelernt."

„Mason. Dein Bruder?" Er hatte Teile dieser Geschichte gehört, aber es wäre gut, weitere Einzelheiten zu hören.

Amber nickte, doch ehe sie noch etwas sagen konnte, wurden sie gerufen, um einer Vierergruppe zu helfen, die einen Inuksuk aus ihrem Eisblock gestaltete. Die menschenähnliche Gestalt hatte sich leicht geneigt, als einer von ihnen unabsichtlich ein zu großes Eisstück von einer Seite entfernt hatte.

Cooper streckte die Hand aus, um zu helfen, den riesigen Eisblock im Gleichgewicht zu halten, während Amber nach vorn flitzte, und er am Ende mit den Armen zu beiden Seiten ihres Körpers dastand.

Sie war, anders ausgedrückt, unter ihm festgenagelt. An

seine Vorderseite gepresst. Er rückte sofort ab, wollte sich von ihr wegbewegen, doch ein lautes Knacken erklang, und ein weiteres Stück Eis brach weg.

Die ganze Skulptur hing gefährlich in ihre Richtung, nur einen Sekundenbruchteil davon entfernt, zusammenzubrechen und sie beide unter ihrem riesigen Gewicht zu zermalmen.

4

Amber hatte viel zu oft davon geträumt, unter Coopers sexy Körper festgenagelt zu sein, aber um ganz ehrlich zu sein, war bei ihren Fantasien niemals ein riesiger Eisblock vorgekommen.

Eine Sekunde später spannten sich die Arme zu ihren Seiten an, und ein dringlicher Befehl grollte aus ihm hervor. „Sobald Platz ist, duck dich weg."

Mit einer Herkules-Anstrengung von Cooper richtete sich der Eisblock wieder auf, der Druck ließ weit genug nach, um in Sicherheit zu huschen, wo Amber herumwirbelte, um dafür zu sorgen, dass niemand sonst in der Gefahrenzone stand.

Weitere Leute waren herübergerannt, um zu helfen, und letztlich wurde das Eis stabil und sicher auf dem Boden abgelegt.

„So viel zu dieser Idee", beschwerte sich einer der Teenager, der mit dem Zeh gegen die unkenntliche Skulptur stieß.

„Wir denken uns was anderes aus", ermutigte ihn das

Mädchen an seiner Seite, während sie ihm auf den Rücken klopfte und rasch andere Möglichkeiten erläuterte.

Amber und Cooper sahen einen Augenblick lang zu, doch es war klar, dass sie nicht mehr gebraucht wurden. Stattdessen drehte sie sich zu dem großen Bären-Shifter um und schaute ihn genau an, um sicherzugehen, dass er nicht verletzt worden war.

Sie staubte eine Schicht pulvrigen Eises ab, die an seinem Arm klebte. „Danke, dass du dafür gesorgt das, dass ich nicht zermalmt werde."

„Ich dachte nicht, dass diese Tätigkeit so gefährlich sein würde", gab Cooper zu. „Bis auf die Messer – von denen weiß ich, dass sie Schwierigkeiten machen können."

„Und die Kettensägen. Aber keine Sorge, mit denen kann ich auch problemlos umgehen." Sie schaute sich auf dem Sportplatz um, um zu sehen, ob jemand ihre Aufmerksamkeit auf sich ziehen wollte. „Das Einzige, was ich offenbar nicht zu schaffen scheine, ist das Jonglieren riesiger Eiswürfel."

„Ich verspreche, dass ich jegliche Eiswürfel jonglieren werde, die anfallen", sagte Cooper lachend zu ihr. „Erzähl mir mehr über deine Pflegemutter. Ich schätze, das ist auch diejenige, die dir beigebracht hat, mit der Kettensäge umzugehen, genauso wie mit dem Elektromesser."

„Sie und unser Dad. Sie waren die beste Familie, in die ich je gegeben wurde. Mason und ich waren fünf und sechs, als unsere echten Eltern starben. Wir waren bereits Teenager und hatten schon ein Dutzend Familien durch, als uns die Jordans bekamen. Das ist das Stadium, in dem die meisten Kinder im System nur noch kurz bei ihren Pflegefamilien leben und dann bald gehen, wenn sie alt genug sind. Die Jordans waren anders. Sie wollten uns wirklich, und das Alltagsleben wurde auch zu einer ganz eigenen Bildung." Sie folgte ihm zu einer der Bänke, die in der Mitte des Sportplatzes aufgestellt worden waren, damit sie mühelos alle Tätigkeiten beobachten konnten. „Wir haben in einer ziemlich abgelegenen Hütte im nördlichen Ontario gewohnt, und alles war selbst gebaut und gezüchtet. Auch an das Stromnetz waren wir nicht angeschlossen."

Coopers große blaue Augen funkelten vor Neugier, während er sie beobachtete. „Das habe ich nicht gewusst."

Sie zuckte mit den Schultern. „Ich rede nicht viel über sie. Kaylee kennt die Geschichte, aber solange ich mich erinnern kann, gab es mehr oder weniger nur Mason und mich. Die Jordans waren toll nach einer Reihe weniger spektakulärer Pflegefamilien. Sie waren das, was für uns einer Familie am nächsten kam. Vor ein paar Jahren sind sie verschollen, als ihr Ultraleichtflugzeug irgendwo im Norden abstürzte."

Plötzliches Verständnis hellte Coopers Miene auf. „*Darum* ist dein Bruder vor ein paar Jahren nach Norden gekommen. Er wollte herausfinden, was mit ihnen passiert ist."

Amber nickte. „Ihr abgestürztes Flugzeug wurde gefunden, aber es gab keine Spur von meinen Eltern. Die Tatsache, dass Mason später auch verschwunden ist, hat alles nur schlimmer gemacht."

In diesem Augenblick rief jemand, und Cooper stand auf und griff nach hinten, um Amber hoch zu helfen.

Der Augenblick des Kontakts fühlte sich so unglaublich echt an. Warm und verbunden. Es war allerdings eine Illusion. Amber wusste das bis tief in ihr Inneres hinab. Ganz gleich, wie sehr sie ihren großen Bären bewunderte, sie würde die Wahrheit nicht außer Acht lassen, wenn es um ihre Beziehung ging.

Dass sie heute bei ihm sein konnte, dass er ihr als Freund zuhörte, und nicht als Arbeitgeber – das war nur der Anfang, nicht das Ende dessen, auf das sie es abgesehen hatte.

Aber einfach nur Zeit mit ihm verbringen zu dürfen, gerade jetzt, musste ihre Priorität sein.

Sie warf einen Blick über den Sportplatz, wo James Kaylee durch den Schnee verfolgte, ehe sie in den Armen des anderen über den Boden kullerten.

Lara stand mit der stets anwesenden Gruppe von Wölfen an ihrer Seite da, denjenigen, die sich dicht an ihre Alpha halten mussten, um sich sicher zu fühlen. Alex stand ein kleines Stück entfernt, half Dixon und einer Gruppe Teenager, ein großes Dreieck auf eine runde Plattform zu hieven. Aber noch während er mit den anderen arbeitete, glitt Alex' Blick zurück zu Lara, und sie tauschten ein Zwinkern und ein Lächeln, bei dem Ambers Herz heftig schlug.

Partner. Vom Schicksal *bestimmte* Partner, und sie hatten einander in diesem Jahr gefunden, weil der Patriarch von Borealis Gems sie dazu gezwungen hatte. Die Jungs hatten nicht einmal versucht, den Pakt mit dem Paarungsfieber vor ihren Partnerinnen geheim zu halten, und was Kaylee und Lara wussten, wusste auch Amber.

Sie warf einen Blick auf Cooper. Sie hätte alles, was sie besaß, darauf gewettet, dass er irgendein Ass im Ärmel hatte, um mit dem Ultimatum umzugehen, aber was, wenn …

Was, wenn er dem Paarungsfieber mit einer anderen Frau nachgab? Die Tatsache mal außer Acht, dass es sie wütend machen würde, wenn er mit einer anderen Frau etwas anfing, was, wenn diese Woche des Zusammenseins der Anfang einer wichtigen Beziehung wurde, wie es bei Alex und Lara der Fall gewesen war?

Amber wollte nicht zusehen, wie er sich in jemand anderen verliebte. Nicht, weil sie nicht wollte, dass er glücklich war, sondern weil sie sicher war, dass sie ihn glücklich machen konnte.

Cooper und Amber marschierten über den Sportplatz dorthin, wo Alex ihnen gewunken hatte, um ihre Aufmerksamkeit auf sich zu ziehen. „Ich frage mich, was für Beleidigungen er sich in den letzten dreißig Minuten ausgedacht hat", sagte Cooper träge.

Amber schnaubte. „Dein Bruder ist ziemlich aufs Gewinnen erpicht."

„Ich auch", sagte Cooper milde. „Ich habe nur nicht das Gefühl, dass ich meine Überlegenheit an jeder Stelle betonen muss."

„Natürlich. Diejenigen, die sie haben, müssen ja nicht damit herumprahlen."

Ein lautes Lachen brach aus ihm hervor. Die anderen schauten in ihre Richtung, doch Cooper ignorierte sie, lächelte anerkennend und erheitert auf sie hinab.

Amber erwiderte sein Lächeln.

Er war ein guter Mann, und obwohl die Dinge vielleicht langsamer vorangingen, als ihr lieb gewesen wäre, war sie entschlossener denn je, es dazu kommen zu lassen. Sie kannte seine Methoden. Sie wusste, wie sein Gehirn funktionierte, und nun musste sie einfach bereit sein, wenn es an der Zeit war, einen Schritt auf ihn zuzumachen.

Sie blieben in der Nähe eines Projektes stehen, das gut vorankam. Der riesige Umriss, der vorhin auf seinen Platz gehoben worden war, war ausgerechnet ein Stück Pizza, das auf einem Servierteller lag. Die ganze Skulptur war leicht geneigt, sodass man sowohl die Seite als auch die Oberfläche bewundern konnte.

Geschnittene Peperoni und Oliven ragten aus dem Hintergrund empor, doch als Amber neben Kaylee schlüpfte, stellte sie fest, dass sie abgelenkt wurde. Das Team hatte bei dem einen Stück, das in der Nähe des Tellerrandes lag, den Käse vom Rand laufen lassen, und ...

O nein.

Ein Kichern drohte sich einzustellen und sie von den Füßen zu holen.

Sie beugte sich zu Kaylee. „Da ist ... sehe ich, was ich glaube, zu sehen?"

Ein Kichern entwich ihrer besten Freundin. „Vielleicht?"

„Ach du meine Güte", flüsterte Amber, während sie die langen, konturierten Tropfen anstarrte.

Auf der anderen Seite trat Lara zu ihnen. Sie legte den Kopf auf Ambers Schulter und stöhnte schon beinahe, als würde sie Qualen leiden. „Ich darf nichts sagen. Ich muss etwas sagen, ich darf einfach nicht ..."

Sie brach in einen hysterischen Schluckauf aus.

Alex warf einen Blick auf sie, er schien besorgt. Er kam um die Versammlung herum auf sie zu, James bewegte sich ebenfalls rasch.

„Nutzen sie die Paarbindung in euren Köpfen, um zu fragen, weshalb ihr kichert?", stieß Amber zwischen den Lachanfällen hervor. „Denn, oje, ihr könnt es ihnen nicht sagen. Aber ihr *müsst* es ihnen sagen."

„Kann ich nicht. Werde du damit fertig", sagte Kaylee zu Lara, so fest sie konnte, ehe sie James packte und das Gesicht an seiner Brust vergrub, damit sie ihren Lachanfall verdecken konnte.

Lara richtete sich auf, warf einen Blick auf die Pizza,

dann wandte sie sich zurück an Amber, ehe sie auf dem Boden zusammenbrach, sich den Bauch hielt und nach Luft schnappte.

Cooper hatte sich ihnen inzwischen angeschlossen, ein Stirnrunzeln legte sich auf sein Gesicht, während er die Lage begutachtete. „Amber?"

Sie versiegelte ihre Lippen und schüttelte panisch den Kopf. Er stand zwischen ihr und der Eisskulptur, und einer der dicken, tropfenden Eiszapfen war hinter seiner Schulter sichtbar.

Amber schloss die Augen und betete um Kraft.

Coopers weiche Berührung an ihrer Schulter und die Wärme seines Atems auf ihrem Gesicht beruhigten sie leicht, doch ihre Wangen waren immer noch flammend heiß, während er leise sprach.

„Sie haben Kaninchenbelag auf die Pizza getan, oder?", fragte er.

Amber richtete sich ruckartig auf, dankbar, dass es eine gute Lösung gab, bei der es nicht darum ging, das eigentliche Problem zu beschreiben. „Ein Bunny Special? Na ja ..."

Sie warf einen Blick auf die Pizza. Es erwies sich, dass das Team mit der Hilfe und Anregung von Dixon vom Orion-Wolfsrudel anscheinend tatsächlich ein paar Kaninchenohren-Paare auf die Pizza geschnitzt hatte. Doch als sie die Gruppe betrachtete, wurde ihr klar, dass sie das nicht durchgehen lassen konnte, ohne zu erwähnen, was sie und ihre Freundinnen tatsächlich aus dem Gleichgewicht gebracht hatte.

Amber erwischte Cooper an der Vorderseite seines Hemdes und zog ihn dicht genug heran, damit sie ihm ins Ohr flüstern konnte. „Der Käse, der da runtertropft. Er sieht weniger aus wie Käse, und mehr nach ... anderen

Dingen. Dingen, die nicht auf einer öffentlichen Veranstaltung raushängen sollten."

Cooper blieb dicht bei ihr, doch legte er den Kopf zur Seite, um noch einmal hinzuschauen. „Ich sehe sie. Tropfen. Ich weiß nicht, was ..."

„Penisse. Viele Penis. Penii? Cooper, keiner von diesen Tropfen ist jugendfrei."

Er starrte. Blinzelte.

Ihre Wangen wurden heißer, während sein Blick über das halbe Dutzend röhrenförmiger Gegenstände ging. Sie waren angetaut, sodass das Wasser nach unten zum Ende eines jeden Tropfens gelaufen war, wo es abgekühlt war und sich gesammelt hatte, um einem breiteren „Kopf" zu bilden. Auch Adern und Erhebungen gab es, und wenn es nicht so schrecklich gewesen wäre, wäre es verblüffend gewesen, wie lebensecht sie waren.

Lebensecht und ziemlich beeindruckend. Ähm.

Cooper räusperte sich. „Oh. *Oh*, ich verstehe."

So würdevoll. So reif.

Bis er den Kopf zurückwarf und vor Lachen heulte. Was Amber und ihre Freundinnen erneut loslegen ließ.

Es dauerte ein wenig, bis er sich unter Kontrolle hatte, und sein Lächeln war immer noch breit, als er ihr ein Zwinkern zuwarf. „Ich kümmere mich darum. Wenn du eine Möglichkeit siehst, die Dinge zu bereinigen, mach es."

Sie riss sich zusammen, gewissermaßen. „Klar."

Alex hatte es geschafft, Lara auf die Beine zu ziehen, hatte jedoch noch keine vernünftige Antwort aus ihr herausgebracht, weshalb sie alle lachten.

Cooper rief seinen Bruder. „Gut gemacht, Bruder. Aber vielleicht willst du dem Team helfen, die Basis hier drüben anzusehen. Sieht aus, als würde sich eine Bruchstelle entwickeln."

„Wo?" Alex wich von Laras Seite und bewegte sich rasch zu Cooper.

Amber bildete es sich vielleicht ein, doch es sah aus, als würde Lara einen Fuß nach vorne stoßen, und plötzlich flog Alex durch die Luft, seine Füße glitten unter ihm weg. Er war direkt zu der Eisskulptur unterwegs, und eine Katastrophe schien sich anzubahnen.

Cooper erwischte ihn am Kragen und zog, sodass er mitten im Flug die Richtung wechselte. Anstatt das ganze Stück Pizza plattzumachen, rasierte Alex' Kopf nur die lange Reihe von Tropfen, sodass die erotisch geformten Gegenstände zu Boden krachten, wo die meisten von ihnen zu nicht-pornografischen Eiswürfeln zerbrachen.

Amber glitt unauffällig zu den wenigen intakten und stieß sie vorsichtig mit dem Fuß zur Seite in den Schnee. Katastrophe abgewendet.

„Ihr gebt ein gutes Team ab", sagte Kaylee, während die Glocke läutete, um das Ende des Wettbewerbs zu verkünden.

„Ich hatte keine Ahnung, was los war, bis Kaylee es mir gesagt hat." James hatte ein leichtes Grinsen auf, während er die Nase seiner Partnerin rieb. „Zu schade, dass sie alle zerbrochen sind."

„James." Kaylee klang geschockt.

Amber neigte das Gesicht nach unten, um ihre brennenden Wangen zu verstecken, aber sie grinste ebenfalls. In Coopers Augen hatte etwas mehr als Erheiterung gestanden. Dort war Verlangen gewesen.

Verlangen nach ihr.

Ja, während der Nachmittag weiter fortschritt, und sie Zeit mit der Borealis-Familie verbrachte, spürte Amber, wie ein seltsames Gefühl der Zufriedenheit über sie kam. Es würde nicht einfach werden, aber sie wusste genug, um zur richtigen Zeit einen Schritt zu unternehmen.

Und die richtige Zeit würde dann sein, wenn Cooper am meisten brauchte, dass sie für ihn da war.

Ob er es nun auf seine Liste mit *Äußerst Wichtigen Plänen* gesetzt hatte oder nicht.

$$5$$

Das dumpfe Jucken in seinem Nacken wurde täglich stärker.

Cooper hatte das Gefühl beinahe eine Woche lang ignoriert, ehe er merkte, was es war. Das Paarungsfieber würde bald kommen, und ihm lief die Zeit davon.

Sein Schreibtischstuhl war perfekt ausgerichtet, sodass bei offener Bürotür ein Spiegelbild in dem eingesetzten Glas erschien. Jedes Mal, wenn Amber vom Aktenschrank zurück zu ihrem Schreibtisch ging, bekam Cooper einen unverstellten Blick auf diese Unternehmung. Sie bewegte sich entschlossen, verschwand einen Augenblick, dann kehrte sie zurück und setzte sich.

Dann legte sie die Beine übereinander, ein paar Augenblicke später löste sie sie wieder ...

Eines Tages würde dieses Lösen ihn umbringen.

Es war nicht gerecht. Es war nicht richtig. Sowohl der Teil, dass er eine Mitarbeiterin beglubschte, als auch die Tatsache, dass bloße Beine seine ordentliche, kontrollierte Welt nicht ins Chaos schicken sollten.

Ich wette, sie hat süße Zehen.

Du bist gerade keine Hilfe, erklärte Cooper unverblümt seinem Bären.

Du bewegst dich zu langsam und du bist nutzlos, wenn du so abgelenkt bist, gab die Bestie zurück. *Vielleicht musst du ein wenig mehr über ihre Zehen und den Rest von ihr nachdenken. Nackte Zehen. Nackter Rest.*

Macht es dir vielleicht was aus?, fuhr Cooper ihn an, schrecklich enttäuscht von sich, während ein lebhaftes Bild von Amber ohne Kleidung in seinem Verstand aufblitzte. *Wir haben doch schon durch, weshalb die logische Begründung lautet, mindestens noch ein Jahr zu warten.*

Bla, bla, bla. Sein Bär knurrte die Worte. *Komm mir nicht mit Logik.*

Zum Glück wartete auf Cooper am Ende des Tages eine große Ablenkung. Amber hatte sich freigenommen, ehe er fertig war. Er schloss das Büro ab, dann begab er sich direkt hinüber zum Haus seiner Großeltern.

Er ließ sein Auto seitlich in der Zufahrt stehen und schlüpfte in die kühle Gemütlichkeit eines riesigen Blockhauses. Die polierten Holzböden unter seinen Füßen waren warm, und in der Luft lag das Geräusch von Stimmen zusammen mit zarter Musik und dem Geruch der Küche seiner Großmutter. Ein wohliges, behagliches Gefühl, um all die anderen widersprüchlichen Gefühle abzuwehren.

„Schön dich zu sehen, Bruder." James schlug ihm fest auf den Rücken, gefolgt von einem gut gefüllten Glas Whiskey. Er beäugte Cooper. „Gut, dass schon fast Ferienzeit ist. Du wirkst ein wenig müde."

„Am Jahresende ist immer viel los", sagte Cooper zur Entschuldigung. Er glitt hinüber, wo seine Großmutter etwas auf dem Ofen rührte, und drückte ihr einen Kuss auf die Wange. „Deine Einladung zum Abendessen kam unerwartet, aber wie üblich riecht es unerreicht gut."

„Ich glaube nicht, dass meine Kochkünste wirklich so unerreicht sind, aber danke, Liebling." Großmutter Laureen stellte sich etwas anders hin, damit sie ihm eine Hand an die Wange legen konnte. „Du arbeitest zu viel. Du solltest mal eine Auszeit planen. Gib dir doch mal eine Chance, dich zu erfrischen und wieder auf die Beine zu kommen."

Wenn man bedachte, dass die Alarmzeichen da waren, dass das Paarungsfieber eintreffen würde, war ihr Angebot einer Ausrede, um sich in den kommenden Tagen zurückzuziehen, genau, wonach er gesucht hatte. „Ich glaube, ich könnte genau das tun. Aber ich werde auf jeden Fall zu den Familienfesten über die Feiertage da sein."

Kaylee und Lara duckten sich vorbei, um sich Teller zu schnappen und den Tisch zum Essen zu decken.

Oma wedelte mit der Hand in seine Richtung. „Natürlich *will* ich euch alle an Weihnachten hier sehen, aber nur, wenn es funktioniert. Manchmal muss man die wohlüberlegten Pläne beiseiteschieben, wenn etwas anderes dazwischen kommt."

Er beäugte sie genau. Die Anmerkung über Pläne traf ein bisschen zu sehr ins Schwarze, aber sie schaute ihn nicht einmal an. Stattdessen rührte sie ein letztes Mal in dem, was da im Topf war, ehe sie seinen Brüdern und seiner Schwägerin Befehle zuwarf. Sie kamen alle, um schwer beladene Schalen zum Tisch zu tragen.

Oma Laureen wirbelte zu Alex herum, deutete auf eine Platte, auf der Steaks aufgetürmt lagen. „Ich bitte zu Tisch. Ich bringe die Brötchen, und das ist dann alles. Oh, und Cooper, bitte sei so lieb und spüre deinen Großvater auf. Ich habe keine Ahnung, wo er hin ist."

Cooper begab sich auf die Suche nach dem

Familienpatriarchen. Der alte Mann war nicht schwer zu finden, sein tiefes Kichern hallte irgendwo von der Eingangstür heran.

„Opa. Es ist Zeit zum Essen …“

Cooper ging um die Ecke und kam stolpernd zum Stehen. Opa half gerade Amber aus ihrem Mantel.

Sie drehte sich zu ihm um und schenkte ihm ein scheues Lächeln.

Oh, Baby, grollte sein Bär fröhlich.

Hör damit auf. Du bist zu nervig.

Sie sieht köstlich aus.

Welchen Teil von ‚hör auf‘ verstehst du nicht?

Den Teil, bei dem ich denke, dass du sie von den Zehenspitzen bis ganz nach oben abl…

Sein Opa störte sein kindisches inneres Geplauder, einen unfassbar ernsten Ausdruck auf dem Gesicht, während er auf Cooper deutete. „Sie ist so entzückend. Na, ich hatte kaum vor Amber erwähnt, dass ich hoffte, ich könnte mir mal diese Jahresend-Berichte durchlesen, und sieh mal einer an. Hier ist sie und bringt sie vorbei. Ich glaube, sie sollte sich uns beim Abendessen anschließen.“

„O nein.“ Amber blinzelte, dann stotterte sie kurz. „Ich meine, *ja,* ich habe die Berichte gebracht, aber ich dachte, ich wäre eingeladen …“

Sie brach ab, offensichtlich verlegen.

Cooper trat vor, um ihr rasch Sicherheit zu geben. „Opa hat recht. Du solltest bleiben. Nach allem, was ich gerade gesehen habe, gibt es genug – Oma kocht für eine Armee aus Bären, und ich weiß, dass die Mädchen dich gern sehen würden.“

Sie blinzelte, ehe sie den Blick hob, um ihn fest anzusehen. „Danke dir. Es ist sehr nett, dass ihr mich alle freundlich willkommen heißt.“

Opa war verschwunden – hatte sich vermutlich aus dem Staub gemacht, ehe Cooper ihm einem bösen Blick zuwerfen konnte.

Es war nicht das beste Timing, da das Fieber so nahe war, aber er wollte auf keinen Fall, dass Amber sich unbehaglich fühlte, wenn sie schon bald Teil seiner Familie sein würde. Wobei *bald* ein relativer Begriff war.

Cooper würde nicht zulassen, dass die fehlgeleitete, fröhliche „Du gehörst zum Trupp"-Haltung seines Großvaters seinen späteren Werben um die besagte Dame in die Quere kam.

Wie erwartet war der Rest der Familie begeistert, als Cooper und Amber den Raum betraten.

„Amber. Komm und setz dich neben mich", befahl Kaylee, die zur Küche eilte, um weiteres Geschirr zu holen. Sie rückte von ihrem ursprünglichen Platz einen Stuhl weiter, räumte einen Platz für ihre Freundin. Was bedeutete, dass Amber sich gegenüber von Lara niederließ, mit Cooper auf der anderen Seite.

„Danke, dass ihr gestattet, dass ich eure Familienzeit unterbreche", sagte Amber, während Cooper ihren Stuhl hinrückte.

Oma tat die Bemerkung mit einer Geste ab. „Das es kein offizielles Familienessen. Ich hatte eine Reihe Rezepte, die ich gern ausprobieren wollte, und plötzlich hatten dann Kaylee und ich genug gekocht, um eine Armee durchzufüttern. Meine liebste einsatzfähige Armee habe ich auf Schnellzugriff gespeichert."

Die Unterhaltung am Tisch machte die Runde, während sich das Essen auf den Tellern türmte. Gemütlich. Behaglich.

„Hey, Amber. Ich wollte es dir sowieso sagen. Einer aus dem Rudel, der draußen auf einem längeren Trip ist, sagte, er hätte Gerüchte gehört, wo sich dein Bruder herumtreibt. Es ist in einem Dorf, das keine Satellitenverbindung hat, darum können wir sie nicht anrufen, um es herauszufinden. Er hat es zweimal überprüft, bevor er jemanden wild herumsuchen lässt." Laras Stimme war von Aufregung erfüllt. „Aber er hat mir gesagt, dass er ziemlich sicher war, dass sie da über Mason gesprochen haben."

„Ich dachte, du wolltest nichts sagen, bis du dir sicher bist." Alex' Worte waren leise, doch tadelnd.

Neben Cooper fuhr Amber hoch.

„Ich muss es erfahren, und ich *will* es erfahren, selbst wenn es nicht hundertprozentig sicher ist. Nur ein kleines bisschen zu hören, gibt mir schon Hoffnung", beharrte sie und starrte Alex heftig nieder, als wäre er in seiner Shifter-Gestalt kein Raubtier, das mehr als doppelt so groß war wie sie.

Seine Lippen zuckten, dann legte er den Kopf zu seiner Partnerin hin schief. „Du hast hier eine wilde Beschützerin, Süße. Schön zu wissen, dass der anwesende Mensch dir den Rücken deckt."

„*Einer* der Menschen hier im Zimmer", merkte seine Großmutter nebenbei an, ehe sie Amber anerkennend zunickte. „Und *dieser* Mensch stimmt zu. Es lohnt sich, alle Spuren zu kennen, in der Hoffnung, dass eine vielleicht zum richtigen Ort führen könnte."

„Ich werde es dich auf jeden Fall wissen lassen, sobald ich mehr höre", versprach Lara. Sie warf einen Blick über den ganzen Tisch und gab mit einem Grinsen zu: „Abgesehen davon ist das Rudel dieser Tage wie wild, während sie auf Weihnachten warten. So, wie sie sich benehmen, würde man meinen, wir hätten ein Dutzend oder mehr Kinder im Rudelhaus."

„Was werdet ihr tun, wenn ihr mal Kinder habt?", fragte

Amber, ehe sie sich die Hand vor den Mund schlug. „Ups. Unhöfliche Menschenfrage. Tut mir leid. Ich habe nicht die Kinderfrage an dich und Alex gestellt, denn das liegt ja ganz bei euch, wann ihr welche haben wollt. Oder *ob* ihr wollt. Ich wollte nicht nahelegen ...“ Ihr Gesicht verzog sich, ehe sie ein schales Lächeln aufsetzte. „Wenn ich den Mund noch weiter öffne, bringe ich vielleicht beide Füße rein.“

Lara lachte. „Ich weiß, was du eigentlich fragen wolltest. Die Logistik hinter der Wohnsituation eines Wolfsrudels ist durchaus unterhaltsam. Das Rudelhaus ist für Erwachsene, und jeder, der dort lebt und Kinder hat, zieht normalerweise in ein Einfamilienhaus in der Nähe. Nur dass als Alphas Alex und ich im Haus bleiben werden. Wir werden weitere Räume an unsere Wohnung anbauen, je nachdem, wie viele Kinder es am Ende werden.“

James warf einen Blick zu Kaylee, die lächelte, als er sich zu Wort meldete. „Wir wollen Kinder, aber das ist noch ein Stück in der Zukunft.“

Alex nickte zustimmend, und ging in eine Schockstarre, als Lara sagte: „Ach, ich würde sie gern sobald wie möglich wollen.“

„Kinder? Gleich jetzt?“ Alex schluckte, dann lächelte er, seine Miene wirkte ein wenig wacklig. „Wirklich?“

„Auf jeden Fall. Wenn wir eine schöne, große Familie haben wollen, fangen wir besser bald damit an. Du hast in deiner Familie drei Kinder, ich habe fünf ... vielleicht sollten wir die goldene Mitte treffen.“

James grinste böse, während Alex Mühe hatte, mit allem mitzuhalten. „Oder ihr könntet einen Rekord anstreben. Sechs oder sieben wären cool.“

„*Sieben?*“ Alex blieb bei dem Wort die Stimme weg,

doch er zwang seine Lippen zu einem gequälten Lächeln. „Wir können das später besprechen, Süße."

„Natürlich, Schatz." Lara zwinkerte Amber zu, dann schnappte sie sich die Schüssel vor ihr und reichte sie zur Seite weiter.

Die Unterhaltung verlegte sich auf andere Themen, während Teller aufgefüllt und Gläser nachgeschenkt wurden. Cooper stellte fest, dass es eine Form süßer Folter war, neben Amber zu sitzen. Immer wieder berührten sich ihre Beine, und trotz des Truthahns und gedünsteten Rosenkohls und gebratenen Lachses und allem anderen auf dem Tisch war ihr Geruch der stärkste im Raum.

Trotzdem entschuldigte er sich erst vom Tisch, als ihm auffiel, dass der Wein nicht gut zu sein schien. Während er auf der Toilette stand, ging Cooper rasch seine Notizen durch. Und ganz klar, auf der Seite mit den *Anzeichen Des Bevorstehenden Paarungsfiebers* stand der Knaller: *Alkohol schmeckt schlecht.*

Es war an der Zeit, Maßnahmen zu ergreifen.

Cooper öffnete das Buchungsportal für eine abgelegene Hütte in der Wildnis, bei der er schon vor ein paar Wochen die Buchung begonnen hatte. Er klickte auf die Bestätigung, dann kehrte er mit einem Gefühl des Friedens an den Tisch zurück.

Er hatte alles unter Kontrolle.

Oder zumindest hatte er das, bis er bereit war, das Haus zu verlassen, und herausfand, dass er und Amber die Einzigen waren, die noch übrig waren. Seine Brüder waren darauf erpicht gewesen, mit ihren Partnerinnen allein zu sein, und sein Großvater war irgendwohin verschwunden.

Aber da war Amber, zog ihren Mantel an, während seine Großmutter mit ihr sprach.

Oma Laureen tätschelte Amber die Hand. „Danke, dass

du geblieben bist und mir das erklärt hast, meine Liebe. Cooper bringt dich zu deinem Auto."

„Ich komme schon allein klar, Mrs. Borealis."

„Unsinn." Die Augen seiner Großmutter blitzten auf. „Wozu hat man denn gute, schneidige Enkelsöhne, wenn man sie nicht hin und wieder herumkommandieren kann, um zu tun, was man ihnen aufträgt?"

Sie schloss hinter ihnen die Tür, und Stille senkte sich herab. Es hatte angefangen zu schneien, und die winzigen Kristalle schwebten um sie herum wie Puderzucker.

„Komm schon." Cooper bot ihr seinen Arm und wartete, bis Amber ihre Hand im Handschuh um seinen Bizeps gelegt hatte. Die Entfernung zu ihrem Fahrzeug war sowohl zu kurz als auch zu lang, wenn man bedachte, dass sein Bär die ganze Zeit damit verbrachte, ihn mehr oder weniger anzubrüllen, sie hochzunehmen und sich eine Höhle zu suchen.

Sie war gerade an ihrem Auto stehen geblieben, als sie sich entschieden umdrehte, tief Luft holte und etwas sagte: „Komm auf einen Drink mit zu mir. Es ist noch früh, und ich würde gern ein wenig Zeit mit dir außerhalb des Büros verbringen."

Dem Ausdruck in ihren Augen und der Art, wie sie dastand, entnahm er, dass Amber ihm eindeutig jegliches grünes Licht anbot, von dem er jemals geträumt hatte. Es kam unerwartet – er hatte gehofft, sie würde in ein paar Jahren aufgeschlossen sein, wenn er sie umwarb, aber das kam völlig aus dem Nichts und stand *Nicht Auf Der Agenda.*

Und dann erwischte sie ihn noch mehr oder weniger auf dem falschen Fuß. Sie schlang ihm eine Hand um den Hals, zog ihn zu sich. Dicht genug, dass es, als sie ihr

Gesicht nach oben wandte, ihre Lippen und seine Lippen waren, und kein Platz mehr dazwischen.

Ein Kuss, der aus der Zeit fiel. Er sollte nicht geschehen, doch er geschah, und als ihre Lippen seine streiften, hätte er geschworen, dass eine Million Glühbirnen um sie herum angingen und die Dunkelheit mit einem Neonleuchten erhellten.

Cooper zog sich ein wenig zurück. Er ragte über ihr auf, doch der Ausdruck in ihren Augen sagte, dass sie ihm auf gleicher Höhe begegnete. Auf Augenhöhe, nicht nur im Verlangen, sondern auch in der Entschlossenheit. Bei Gott, er wollte, dass das wahr war. Aber es standen immer noch mehrere Punkte auf seiner Liste, um die man sich kümmern musste, bevor sie etwas Dauerhaftes anfangen konnten.

Dann fang doch was Vorübergehendes an, schlug sein Bär vor.

Bin beschäftigt, warnte Cooper die Bestie.

So sieht es für mich nicht aus, beschwerte sich sein inneres Tier.

„Cooper?" Amber strich mit der Hand über sein Kinn, dann hinauf in seine Haare, die sie zurückschob, ihre Finger zupfen leicht. Ihre Berührung prickelte, schlang sich um seinen ganzen Körper wie eine große, breite Geschenkschleife, die ihn fest einwickelte. Verlangen schoss hoch, brodeln und schäumend.

Ihre Finger schlossen sich, und sie zog ihn wieder an sich, und er sollte verdammt sein, wenn er nicht mit ihr ging.

Nun war es nicht mehr ihre Ermutigung, die dafür sorgte, dass er sich bewegte, sondern sein Verlangen, zu besitzen und zu nehmen und zu berühren. Er küsste ihre willigen Lippen, kostete ausgiebig die Süße ihres Mundes, und der glühende Rausch, der daher rührte, dass sie

Körperkontakt hatten, machte nur zu klar, wie perfekt die Dinge sein würden – wenn es an der Zeit war.

Was nicht jetzt war, verdammt nochmal.

Er schob all die nervigen Gedanken über Zeit und Ort und Warten weg und konzentrierte sich stattdessen auf das, was er jetzt im Augenblick genießen konnte. Sein Mund auf ihrem, ihre Hände, die seine Schulter gepackt hielten, während sie sich zu ihm beugte. Dicke Schichten aus Mänteln trennten sie, und doch konnte er spüren, wie sie den Rücken fest durchbog, um sie näher zusammenzubringen.

Ihre Zunge glitt über seine, und ein lustvoller Laut grollte aus seiner Brust empor, um sich mit ihrem schnurrenden Verlangen zu mischen.

Als er es schließlich schaffte, den Kuss zu unterbrechen, waren ihre Lippen angeschwollen, ihre Augen leuchteten. Sie atmete schwer, ihre Wangen waren vor Aufregung gerötet.

Dann tat er das schwerste, was er jemals hatte tun müssen. Er ließ los, nahm seine Finger von ihrer Hüfte und zwang seine Füße nach hinten, bis ein guter Meter zwischen ihnen war – eineinhalb Meter – zwei Meter und noch mehr.

Er atmete schwer aus, schaute ihr aber in die Augen. „Ich treff dich dann in ein paar Tagen. Dann reden wir."

„Aber, Cooper ..."

Er ignorierte die Sehnsucht in ihrer Stimme, machte auf dem Absatz kehrt und ging weg. Entweder war er der klügste Bär der Welt, oder er hatte gerade alles weggeworfen, was er für das Glück in seiner Zukunft brauchte.

Es nervte, sich an die Liste der *Dinge Die Genau Jetzt Getan Werden Müssen* zu halten.

6

Es dauerte einen Augenblick, bis der anfängliche Schock nachließ.

Er hatte sie geküsst, verdammt. Das war nicht einfach nur sie gewesen, die sich ihm aufgedrängt hatte. Obwohl er es nicht erwartet hatte, war Cooper hundert Prozent bei dem innigen Kontakt dabei gewesen.

Wie konnte er dann weggehen?

Amber fluchte ein paar Mal, doch ein kalter Wind peitschte um sie herum, darum schlüpfte sie in ihr Auto und knallte die Tür zu. Wenn sie Frostbeulen bekam, wäre das keine Hilfe dabei, Cooper den Hintern stramm zu ziehen.

Und man musste ihm auf jeden Fall den Hintern stramm ziehen.

Sie schloss die Augen, während sie sich fest an die Kopfstütze zurücklehnte, weil sie hoffte, die stabile Verbindung würde das Wirbeln in ihrem Kopf beenden. Fiebriges Verlangen brannte, und sie war sich nicht sicher, was los war.

Sie hatte nicht vorgehabt, ihn zu küssen. Ihn zu bitten,

mit zu ihr zu kommen, war ein mutiger Schritt von ihr gewesen, leicht ermutigt davon, wie gut ihrer Meinung nach die Dinge während des Abendessens gelaufen waren, und einiger nebensächlicher Anmerkungen während ihres Gesprächs mit Laureen Borealis.

Die Frau hatte davon gesprochen, dass man ohne Reue leben und den Augenblick nutzen sollte, und hinter den Worten hatte ein Feuer gelodert, das die Glut in Amber angefacht und sie zum Handeln getrieben hatte.

Und er hatte den Kuss erwidert, *verdammt*.

Warum also ...?

Sie fuhr das kurze Stück nach Hause, damit sie nicht vor dem Haus der Borealis saß. Das letzte, was sie brauchte, waren Giles oder Laureen, die sie sahen, wie sie verdattert dasaß, und herauskamen, um nachzusehen, was los war.

Während sie die Stufen zu ihrer Wohnung hinaufging, summte Ambers Telefon. Sie schaute ohne nachzudenken darauf, starrte gedankenlos auf das Kalender-Update, das gekommen war.

Buchungsbestätigung: Cabin in the Woods Motel. 1 Gast, 7 Nächte. Spezialanweisungen wurden befolgt und sind eingerichtet. Bitte lassen Sie uns wissen, wenn Sie während Ihres Aufenthalts noch etwas brauchen.

Amber blinzelte, las es noch einmal, dann öffnete sie es, um zu sehen, ob es noch irgendwelche weiteren Informationen gab, denn sie war wirklich verwirrt. Als ihr klar wurde, dass der Alarm von dem Arbeitskalender kam, den sie und Cooper sich teilten, und er sich selbst eine Woche lang in ein abgelegenes Haus als Rückzugsort eingebucht hatte, was am nächsten Tag begann, wurde auf einmal alles klar.

Er war nicht von ihr weggegangen, weil er sie nicht gewollt hatte. Cooper versuchte, sie zu schützen.

Sie brauchte keinen Schutz. Sie brauchte *ihn*.

Amber holte tief Luft. Außerdem brauchte er *sie*.

Sie schaute sich die Reservierung noch einmal an, doch sie war nur für einen. Er machte sich nicht in irgendein Liebesnest auf, ohne dass jemand etwas davon erfuhr, doch die Woche, die er weg war, deutete eindeutig auf ein größeres Ereignis hin.

Etwas Riesiges, wie das Eintreffen des Paarungsfiebers.

Das ergab Sinn. Gerade jetzt, da die Feiertage sich näherten und auf seiner Liste noch mehr als ein paar zu erledigende Punkte standen? Cooper war nicht der Typ, der einfach wegging und seine Verantwortlichkeiten zurückließ, ohne vorauszuplanen.

Sie hatte gedacht, sie wäre mutig gewesen, ihn zu sich einzuladen, doch es schien, als wäre das nur die Spitze des Eisbergs, wie dreist sie wirklich sein musste. Amber betrat ihre Wohnung und zog einen Koffer heraus, noch während sie eigene Pläne schmiedete.

Weil sie ihre Freundinnen nicht stören wollte, wartete sie bis zum folgenden Morgen, um eine Chat-Unterhaltung zu beginnen.

Amber: *Frage an eine oder euch beide*
Lara: *Ich bin wach. Was ist los?*

Amber hielt mitten im Tippen ihrer Frage inne, denn … *was haltet ihr denn für die beste Möglichkeit, um Cooper zu verführen* … klang sehr viel schleimiger, als sie vorgehabt hatte.

Sie hatte wohl zu lange innegehalten, denn sie bekam einen verärgerten Kommentar zurück.

Lara: *Ich tret dir in deinen Frühaufsteherhintern, wenn du*

mich so früh geweckt hast, um deine Nachricht an mich ständig neu zu formulieren.
Amber: *Also gut. Grob ausgedrückt bekommt Cooper das Paarungsfieber, und ich habe vor, mich ihm anzuschließen. Hast du irgendwelche Vorschläge, da ich ein Mensch bin und nicht weiß, was ich zu erwarten habe?*
Lara: ...
Lara: ...
Lara: ...

Amber verdrehte die Augen. Okay, jetzt verstand sie, wie furchtbar nervig es war, wenn jemand Nachrichten schrieb und wieder löschte. Sie wollte Informationen. Sie musste doch losfahren und sich mit einem Bären nackig machen.

Oje, sie war hinter einem Eisbären her, dem das Paarungsfieber bevorstand, und das würde letztlich auf Sex hinauslaufen, und sie war ein Mensch, und was dachte sie sich denn, aber das war genau das, was sie wollte.

Amber: *Sag was, bevor ich ausflippe. Hältst du das für eine furchtbare Idee?*

Lara: *Tut mir leid. Ich habe geschrien, als ich deine Nachricht gelesen habe, und dann musste ich mit Alex kämpfen, um mein Telefon zurückzubekommen, bevor er sehen konnte, was du geschrieben hast.*

Amber legte die Stirn auf den Tisch vor ihr. Toll. Sie hatte es noch nicht einmal zu Coopers Versteck geschafft, hatte nicht mal die Gelegenheit gehabt, abgewiesen zu werden, und seine Brüder würden schon erfahren, was sie vorhatte.

Es war eine Sache, dass es ihre Freundinnen wussten.

Etwas völlig anderes, dass sich die ganze Familie darüber im Klaren war.

Kaylee brachte sich dann in die Unterhaltung ein, ihr Online-Status wurde eine Sekunde grün, ehe sie sich zu Wort meldete.

Kaylee: OH MEIN GOTT! *Meinst du das ernst, Amber?*
Lara: *Natürlich meint sie es ernst. Die stehen doch schon seit Ewigkeiten aufeinander. Es war ziemlich … ähm … aromatisch offensichtlich.*
Amber: *Ich hasse deine Wolfsnase. Ich sag ja nur.*
Lara: *Ich war höflich und habe es nie erwähnt! Sehr höflich, selbst wenn ich manchmal hätte schwören können … Ach, egal. Sagen wir einfach, es ist mir aufgefallen.*
Amber: *Können wir zurück zu der Frage? Wenn ihr nicht meint, dass es seine furchtbare Idee ist, dass ich zu Cooper gehe, überschreite ich trotzdem eine Grenze? Ihr müsst mir hier helfen, denn wenn ihr mir sagt, dass ich bleiben soll, mache ich das.*
Kaylee: *Offen gesagt: Dir ist klar, dass das damit enden könnte, dass ihr beiden so was wie verheiratet seid? Es könnte mehr als nur eine Affäre von einer Woche werden.*
Amber: *Das weiß ich. Und ich bin damit einverstanden.*
Lara: *Das ist ja mal ein tapferer Mensch.*
Amber: *Tapfer oder leichtsinnig. Sagt ihr es mir.*

Kaylee und Lara fingen beide gleichzeitig zu schreiben an. Sie schickten es beide im gleichen Augenblick ab, und einen Moment später wurden Ambers Augen feucht. Ihre Freundinnen waren die besten.

Kaylee: *Leichtsinnig tapfer, denn du weißt, dass es sich lohnt, auf eine Chance zu setzen. Ich bin froh, dass James* sich auf eine Chance mit mir eingelassen hat, denn er ist wirklich mein ein und alles.

Lara: *Tapfer genug, dass du leichtsinnig sein willst, denn es ist, was du willst, und was du für richtig hältst. Wie bei Alex und mir – wir haben wirklich zusammen gehört, doch er hat die Chance ergriffen und es dazu kommen lassen.*

Darum waren sie ihre besten Freundinnen, und sie war so dankbar, dass sie in ihrer Welt waren.

Amber: *Ich habe euch beide so lieb.*

Kaylee: *Ich dich auch. Also, wegen des Paarungsfiebers? Wenn er es hat, dann sei bereit, sehr, sehr, sehr aufgegeilt zu werden.*

Lara: *Ich spreche mal offen. Erwähne keine anderen Männer, erwähne nicht, ihn zu verlassen, nicht mal für etwas Privatsphäre.*

Kaylee: *Das mit dem Verlassen – ja, er wird wie festgeklebt die ganze Woche lang an dir dran sein. Verschwende keinen Platz in deinem Koffer mit Kleidung. Pack Energieriegel ein.*

Lara: *Guter Punkt. Und Babypuder. Und Gleitmittel. Und trink viel, damit du nach dem Sex immer pinkeln kannst, um keine Blasenentzündung zu bekommen.*

Kaylee und Lara wechselten sich weitere fünf Minuten lang mit Sex-Tipps ab. Ambers Gesicht war brennend heiß, aber sie machte sich im Geiste die ganze Zeit Notizen, ehe sie schließlich wieder etwas schrieb.

Amber: *Jetzt werde ich so tun, als hätte sich diese Unterhaltung nie ereignet, und ich erwarte von euch beiden, dass ihr es genauso handhabt. Ihr schweigt wie ein Grab, besonders gegenüber euren Typen, zumindest eine Woche*

*lang, okay? Und Kaylee, kannst du mich bei der Arbeit
vertreten? Ich bin reingegangen und habe alles Zeitkritische
gestern Abend erledigt und dir einen Terminplan erstellt,
dem du folgen kannst.*
Kaylee: *Kein Problem!*
Lara: *Ich sage kein Wort. Ich muss Alex vielleicht mit
Panzerband irgendwo festkleben, damit er nicht mein
Telefon hackt, um diese Nachrichten zu lesen. Aber ihr wisst
schon, das könnte ja Spaß machen ...*
Amber: *Ich melde mich. Danke für alles.*

Es war eine recht kurze Fahrt zu der Hütte, sodass
Zweifel keine Chance hatten, sich zu melden. Amber hielt
am Büro an, ehe sie langsam über die holprige Straße fuhr,
wo die winzige Hütte abgelegen am Rande einer breiten,
nach Norden ausgerichteten Lichtung stand.

Es war ein unberührter Ort, wo der reine, weiße Schnee
sich ausbreitete wie ein Hochzeitskleid. Sie parkte neben
Coopers Truck, holte tief Luft und ging zur Veranda.

Der Schlüssel, den sie vom Betreiber erhalten hatte,
drehte sich mühelos im Schloss, und einen Augenblick
später war sie in den nach Holzrauch riechenden Raum
geschlüpft. Die Vorhänge waren zurückgezogen, und
Sonnenlicht fiel in breiten Bändern über die Holzböden.
Seltsamerweise ringelte sich eine glänzende Silberkette
über den Boden vor und zurück, aber das Bett war das,
worauf sich ihre Aufmerksamkeit richtete.

Cooper war auf einer Flickendecke ausgestreckt und
atmete schwer. Seine Brust hob und senkte sich, als wäre er
gerade ein Rennen gelaufen. Sein Gesicht war zu einer
Grimasse verzogen, Schmerz trieb über seine Züge.

Etwas in Amber zerbrach. Wenn aus dieser Woche

nichts anderes erwuchs, als dass sie diesen Schmerz linderte, hätte es sich bereits gelohnt.

Sie schlüpfte aus ihren Schuhen und nahm den Mantel ab. Sie war nicht sonderlich leise, obwohl sie nichts sagte. Immer noch lag Cooper da, ohne sich ihrer Anwesenheit bewusst zu sein.

Also gut dann. Es war Zeit, es krachen zu lassen, denn sie würde nicht nach Hause fahren.

Amber legte eine Hand auf die Matratze und starrte auf ihn hinab. „Cooper?"

Keine Antwort. Nur ein leises, schmerzliches Stöhnen.

Das Geräusch sorgte dafür, dass sich ihr Herz noch fester zusammenzog, und sie konnte es nicht ertragen. „Cooper. Ich bin da. Alles wird gut."

Ein weiteres Stöhnen, und Amber brach ein. Sie schlich zum Rand des Bettes, damit sie sich über ihn beugen konnte. Sie streichelte sein Gesicht, dann kniete sie sich neben ihn, um besser im Gleichgewicht zu sein. „Cooper. Öffne die Augen. Ich bin's, Amber."

Seine Hände hoben sich zu ihren Hüften. Große, starke Hände, die sie fest packten, ehe eine ihren Rücken hinaufglitt und sich auf sie drückte, bis sie sich über ihn beugte. Dichter. Dichter.

Amber legte ihre Hände auf seine Brust. Sie flüsterte leise, hoffte, durch diesen Käfig durchzubrechen, den er da um sich errichtet hatte. „Es ist schon gut, Cooper. Ich bin für dich da. Was immer du brauchst, ich verspreche, ich bin dafür bereit."

Seine Augen öffneten sich, und es war der Bär, der sie anstarrte.

7

Es konnte nicht echt sein. Cooper schluckte schwer und entschied, dass die Tatsache, dass er derzeit einen Tagtraum von der Frau hatte, die er mit einer tiefen Besessenheit wollte, irgendein seltsamer Trick des Paarungsfiebers sein musste, der sich meldete, sobald ein Mann die Fünfunddreißig überschritt.

„Nein." Das Wort entwich ihm in einem Atemzug. „Du bist nicht wirklich hier. Du kannst nicht hier sein. Dieses eingebildete Du muss weg, genau jetzt."

Amber neigte den Kopf auf eine Seite. Dachte nach. Schüttelte ihn ablehnend. „Kann nicht."

Cooper richtete sich auf, fluchte innerlich, da ihn das direkt an ihre weichen Kurven brachte. Seine Hände bebten, als er sie hob, weil er vorhatte, sie fest zu packen und wegzuheben. Die Zeit lief ab.

Hmmmm.

Ja. Das Eintreffen seines Bären war Teil dessen, worum er sich Sorgen machte.

Mach nichts. Denke nichts, warnte ihn Cooper.

Es war zu spät. Eine Flut des Verlangens raste durch

ihn hindurch, eingeleitet von seiner Bärenhälfte. Schmutzige Bilder von dem, was als nächstes passieren sollte, kamen in Höchstgeschwindigkeit und höchster Auflösung an – und der Gedanke, Amber unter sich zu rollen, sie nackt auszuziehen, und sie abzulecken war noch der Harmloseste von allen.

Die Kette, die an seinem Handgelenk hing, klickte, und ihre Augenbrauen gingen noch höher. „Cooper. Was hast du getan?"

„Habe mich um alles gekümmert." Das Sprechen war schwer und wurde immer schwerer, weil das ganze Blut in seinem Körper in dem Bereich zusammengelaufen war, der sich in der Mitte unter seinen Hüften befand.

Amber fing sein Handgelenk mit ihrer Hand ein und hob es, musterte die schwere Handschelle. „Ist das nicht ein wenig übertrieben und gleichzeitig sinnlos? Wenn der Gedanke dahinter war, dass du dich eine Woche lang wegsperrst, toll. Nur dass dein Bär die im Nu zerbrechen könnte."

Was für ein genialer Gedanke. Einer, auf den er in seinem derzeitigen Status des Ansturms auf den Abgrund der Verzweiflung niemals allein hätte kommen können.

Er war absichtlich an diesen Ort gekommen, um zu verhindern, dass er Amber aufsuchte, bevor es angemessen war. Zur gleichen Zeit hatte er versprochen, sich an das Versprechen zu halten, das er zusammen mit seinen Brüdern gegeben hatte. Das bedeutete, keine Verwandlung, um diesem Paarungsfieber zu entkommen.

Aber wenn es zu einer Entscheidung zwischen ihnen und Amber kam, gewann sie jedes Mal. Alex und James würden im Anbetracht der Situation das Ganze mehr als nur verstehen.

Nur als Cooper versuchte, sich in seine Bärengestalt zu

verwandeln, geschah nichts. Er spürte immer noch Ambers Gewicht, das auf seinem gänzlich menschlichen Körper ruhte, und lieber Gott, gleich würde er etwas tun, das sie beide bedauern würden.

Wir müssen uns verwandeln, erklärte er seinem Bären.

Eine nachlässige Art Schulterzucken wurde sofort von einer weiteren Runde schmutziger Bilder abgelöst, dieses Mal begleitet von einem boshaften inneren Lachen.

Was ist bloß los mit dir?, wollte Cooper wissen. *Hilf mir. Wir müssen uns verwandeln. Jetzt.*

Oh, das dürfen wir auf gar keinen Fall. Du hast mich nämlich etwas versprechen lassen. „Kein Verwandeln und Ausbrechen aus diesem Raum. Ich muss ein Mensch bleiben, und darum, ganz gleich, wie sehr ich bettle, versprich mir, dass wir während der Dauer dieses Fiebers menschlich bleiben." *Klingt das vertraut? Du hast es bis zum Erbrechen wiederholt, darum kann ich es auswendig, falls es nötig ist.*

Cooper wurde das Herz schwer. *Oh. Richtig. Das.*

Ja. Das. Sein Bär gab das Äquivalent eines dreisten „hab ich dir doch gesagt"-Schulterzuckens zum Besten, ehe er ernster wurde. *Beinahe traurig, auf eine seltsame Art. Ich muss untertauchen. Hab viel Spaß, und ich sehe dich in einer Woche.*

Bevor er wieder sprechen konnte, war seine andere Hälfte weg. Verschwunden an den Ort, wo immer die Bestie hinging, wenn Cooper das Sagen hatte.

Während sein Bewusstsein zurückkehrte, schärfte er seinen Blick erneut, um festzustellen, dass Amber ihn festhielt, ihre Handflächen auf sein Gesicht gedrückt. „Cooper? Redest du mit dir selbst?"

„Ja", gab er zu. „Oh, Amber. Was hast du getan?"

Sie wirkte nachdenklich. „Ich bin gekommen, weil du mich gebraucht hast."

Seine Hoffnung schoss hoch in den Himmel, aber er klammerte sich an seine Selbstbeherrschung. „Ich habe das Paarungsfieber. Du weißt, was passiert, wenn du bleibst?"

Sie nickte, doch ihre Augen blieben aufgerissen. Der Puls unten an ihrer Kehle pochte, und ein Beben ging über sie hinweg.

Verdammt. Sie hatte Angst. Er machte ihr Angst, und das war nicht annehmbar.

Bevor er die Kraft finden konnte, sie zu trösten und ihr zu erklären, dass alles in Ordnung kam – in anderen Worten, er würde lügen, bis die Balken brachen –, strich Amber mit den Handknöcheln über seine Wange und machte ihn gleichzeitig besinnungslos. „Wenn du mich nicht willst, sag es einfach, und ich gehe sofort. Ich will nicht, dass du etwas tust, was du nicht willst, Cooper."

Er starrte sie an. „Ich nicht will ...?"

Sie wurde reglos.

Scheiße. Ach, Teufel, nein. Schlechtes Timing, um halbe Sätze herauszustottern.

Cooper rollte sich herum. Vermutlich schwebte er einen Augenblick lang, denn als er wieder auf der Matratze landete, war sie unter ihm, saß fest unter seinem um einiges größeren Oberkörper. „Lass mich das richtig ausdrücken. Ich will dich. Will ich schon seit geraumer Zeit."

„Ich auch. Ich will dich", gestand Amber, ehe sie mit einer starken, klaren Stimme weitersprach. „Ich will das. Ich will dich, Cooper. Was immer wir miteinander ausmachen müssen, wir kümmern uns zu einem besseren Zeitpunkt darum."

Dann vergrub sie die Hände hinter seinem Nacken und zog.

Pfeif auf die Listen und Tabellen und alle langfristigen Pläne der Welt. Das Paarungsfieber war über ihm, er hatte eine willige Partnerin, und zum ersten Mal in seinem Leben würde er diese Woche teuflisch genießen.

Ein ficktastischer Startpunkt war, die Frau zu küssen, die er vorhatte, von jetzt an bis in alle Ewigkeit zu genießen.

Cooper beugte sich näher und ließ die Natur die Kontrolle übernehmen. In diesem Fall bedeutete es, dass Lippen sich verbanden, während sengend heiße Hitze durch seinen ganzen Körper lief. Als wäre das Treffen von ihrem Mund mit seinem der letzte Schaltkreis, der dafür sorgte, dass die volle Ladung des Verlangens losging und mit höchster Geschwindigkeit durch seinen Körper raste.

Er inhalierte sie mehr oder weniger. Weiche Lippen, Zungen berührten sich, ein lustvolles Seufzen. Geschmack und Laute vermischten sich. Sie fingen erst an, und es war bereits die beste Sex-Erfahrung seines Lebens.

Amber zerrte an seinem Hemd, und er zuckte mit den Schultern, als sie ihn dazu aufforderte, damit der Stoff von seinen Schultern glitt. Die ganze Zeit küsste er sie, denn ihr Mund war Verführung und Göttertrunk und ernsthaft süchtig machend.

Als ihre Hände auf seine nackte Haut trafen, erwischte ihn ein weiterer elektrischer Schlag. Das Verlangen war ein schweres Gewicht in seinen Eingeweiden, doch ihr leiser Laut der Zustimmung, während sie mit den Nägeln über seine Haut fuhr, war ein himmlischer Chor.

Cooper ließ ihren Mund einen Augenblick lang sein, knabberte und saugte sich entlang ihres Kinns bis unter ihrem Ohr vor. „Du schmeckst wie Sonnenlicht. Sonnenlicht und heißer, verschwitzter Sex."

Ein leises Lachen entwich ihr. „Danke? Glaube ich?"

„Oh, es ist was Gutes. Vertrau mir." Cooper stützte sich

auf einen Ellbogen und machte sich an ihren Knöpfen zu schaffen, wurde zu einem Halt gezwungen, als die Kette um sein Handgelenk an seinen Handschellen klirrte. „Verdammt."

Diesmal kicherte Amber, wand sich nach oben. „Wo ist der Schlüssel?"

„Ich weiß nicht."

Sie hielt inne. „Echt?"

Echt schlechte Planung von seiner Seite, das war mal sicher. „Ich hab sie Alex gestohlen. Ich wollte ihm eine Nachricht schreiben, damit er herkommt und mich freilässt, sobald das Fieber vorbei ist."

Ihre Augen leuchteten. „Ein sehr wohlüberlegter Plan. Jetzt halt still." Ein paar Sekunden später hatte sie die Handschelle von einem Handgelenk gelöst und knöpfte ihre Knöpfe auf. „Du kannst Lara später dafür danken, dass sie mir das Geheimnis verraten hat, wie man die ohne Schlüssel öffnet."

Cooper würde sich zu einem anderen Zeitpunkt um seine Brüder, ihre Partnerinnen und was zum Teufel in deren Sexleben vorging sorgen. Sein Hunger wuchs mit jeder Sekunde. Als älterer Bär hatte er eine ziemlich gute Selbstkontrolle, aber selbst er hatte Grenzen.

Das Fass lief über, als er sah, wie Amber aus ihrer Bluse schlüpfte und vor ihm stand, ihre wunderschöne braune Haut von einem blassrosaroten BH betont. Er hob sie auf, trat die Kette zur Seite, ohne noch einen Gedanken daran zu verschwenden, und trug sie zurück zum Bett.

Warme Haut streifte seine Wange, kurz bevor Cooper all seinen Fantasien nachgab und loslegte.

Saugen. Beißen. Küssen. Er bewegte sich am Rande ihres BHs entlang, dann zog er einen Cup ein wenig zurück, um lange und genüsslich über die Oberseite ihrer Brust zu lecken.

Mmm.

Er zog den Stoff noch ein wenig weiter zurück, sein Finger glitt unter den oberen Rand, sodass er langsam ihren köstlichen, rotbraunen Nippel enthüllen konnte.

Amber bog unter ihm den Rücken durch, hob sich zu seinem Mund, während er die harte Spitze zwischen die Lippen nahm und saugte. Erst sanft, dann fester. Jetzt knabberte er, der BH wurde völlig zur Seite geschoben, damit er Zugriff auf die ganze Rundung hatte.

Sie stöhnte und vergrub die Finger in seinen Haaren. Hielt ihn ganz nahe, während er spielte und neckte. Es war ein Anfang, jede Fantasievorstellung zu erfüllen, die er jemals gehabt hatte. Ein Keuchen entwich ihr, während er mit Daumen und Zeigefingern beide Nippel gleichzeitig rieb.

„Gott, bist du schön.“

Amber schaute ihn unter gesenkten Lidern hervor und, doch er war schon unterwegs, um wieder zu lecken und an den harten Spitzen zu saugen. Und wieder. Und wieder, einfach, weil er es konnte.

Cooper ließ eine Hand unter ihren Oberkörper gleiten und hob sie zu ihm empor, wurde schneller mit seinem Lecken. An einer Brust wurde geknabbert und gesaugt, dann der anderen. Seine freie Hand umfing sie fest, ihre erhitzte Rundung füllte seine Hand. Sie war köstlich ... und es gab noch mehr zu genießen.

O ja. Es gab andere köstliche Orte, an die man sich begeben konnte, wie der Geruch in der Luft ihm in Erinnerung rief.

Er legte sie auf die Matratze und packte ihre Hose.

Einen Augenblick später lag sie von der Taille abwärts nackt vor ihm.

„Cooper." Sein Name war ein abgehackter Schrei auf ihren Lippen. Er wollte es als eine Bitte hören. Als einen Lobgesang. Als eine Segnung.

Doch erst ließ er zögerlich die Süße ihrer Nippel hinter sich, um langsam ihren Körper abwärts zu erkunden. Küsse auf die Unterseiten ihrer Brüste. Ein Knabbern an der Taille. Ein kurzer Halt, um die Zunge in ihren Nabel zu stecken, was ihr einen Lachanfall bescherte.

Aber die ganze Zeit über leckte er weiter. Schmeckte. Neckte.

Cooper schob ihre Beine auseinander und ließ sich zwischen ihnen nieder, richtete sich ein, eine Weile zu bleiben.

Amber stützte sich auf die Ellbogen auf. Ihr BH lag ihr verdreht um die Rippen, und ihr Körper war vor Hitze gerötet. In ihren Augen glitzerte Leidenschaft.

Er knabberte an der Innenseite ihres Oberschenkels, und sie keuchte.

O ja. Diesen Laut würde er noch öfter von ihr bekommen. Er musste ihn hören. Brauchte ihn.

Cooper senkte den Kopf und vergrub den Mund an ihrem Geschlecht.

8

———

Sie war vorgewarnt worden.

Es gab niemanden, bei dem sie sich beschweren konnte, denn man hatte sie gewarnt, aber sich mit Cooper in den Fängen des Paarungsfiebers zu beschäftigen, würde die sexuelle Sättigung zu einer Tatsache machen.

Die Intensität der ganzen Lage machte die leichteste Berührung noch erotischer. Er war überraschend still gewesen, seit sie angefangen hatten, ihre Kleider auszuziehen, doch Amber machte das gar nichts aus.

Mit der Körpersprache sagte er alles, was gesagt werden musste.

Der Druck seiner Zunge auf ihrem Geschlecht und ihrer Klitoris blieb fest. Eine beinahe brutale Forderung an ihren Körper, auf den Ruf zur Leidenschaft zu reagieren, und ihr Körper antwortete mit einem „Aber Hallo!", das jeden Porno-Regisseur in Aufregung hätte versetzen sollen.

Einen Augenblick lang hatte sie sich gefragt, ob es möglich war, nur durch Nippel-Spiele zum Orgasmus zu kommen.

Amber hatte keinen Zweifel, dass sich ein rekordverdächtiger Höhepunkt anbahnte, als Cooper sich selbst übertraf und seine Zunge und seine Finger in ein sexuelles Foltergerät verwandelte.

Gerade ausreichend Lecken auf ihrer Klitoris, sodass ein Prickeln in ihrem Rückgrat einsetzte. Kaum genug Spiel mit seinen großen Fingern an der Öffnung ihres Geschlechts. Eine weitere Runde, und zwar buchstäblich, mit der Zunge. Er ließ einen Finger in sie hinein-, dann wieder herausgleiten, in einer Schleife, die sich in Zeitlupe wiederholte, bis sie oben auf einer Rakete mit einer brennenden Zündschnur saß und eine Explosion bevorstand.

Alles wurde reglos.

Ambers Kopf fuhr von der Matratze hoch, und sie knurrte ihn an. „*Cooper.*"

Ein amüsiertes, fieses Grinsen krümmte seine Lippen. „Ich sorge nur dafür, dass du aufmerksam bist."

Sie hatte keine Zeit, zu fluchen, ehe er ihre ganze Klitoris mit seinem Mund bedeckte und fest saugte, während er die Finger tief in sie hinein stieß.

Es war, als würde im Zimmer das unfassbarste Nordlicht aufkommen, das tief in ihrem Inneren seinen Anfang nahm und mit leuchtenden, bunten Wogen nach außen drang. Amber schwor, sie könne die wogenden Lichter singen hören.

Sobald sie wieder atmen konnte, öffnete sie langsam die Augen, um auf den großen Bären hinab zu schauen, der zwischen ihren nackten Schenkeln saß. Vielleicht sollte sie Bedauern spüren, oder Angst, oder irgendetwas Großes und Grusliges wegen der riesigen Fortschritte, die sie erzielt hatte.

Als sie in Coopers erhitzten Blick schaute und das

dreiste Grinsen sah, das an seinen Lippen zerrte, spürte sie nur noch Vorfreude.

Das Ganze eine Woche lang? Ein Leben lang, und noch mehr?

Her damit.

Es war Zeit, den Gefallen zu erwidern. Amber wand sich, wollte unter ihnen rücken, das war zumindest der Plan. Stattdessen stellte sie fest, dass sie auf das Bett genagelt wurde, als sein Gewicht sich über sie legte.

„Du schmeckst gut." Cooper knurrte die Wörter einen Augenblick, ehe er wieder ihre Lippen einnahm.

Sie wollte helfen, seine verbleibenden Kleider auszuziehen. Wollte ihn zu ihr führen und seinen Schmerz lindern, aber seine Geduld war verschwunden.

Amber fand sich in seinen Armen wieder, dicht an seinen Körper gepresst. Ihre Knie ruhten zu beiden Seiten seiner Hüfte, und ihr ziemlich feuchtes Geschlecht lag wie eine schützende Decke über seinem dicken Schwanz.

„Wo sind deine Kleider hin?", wollte Amber wissen. „Wann hast du sie ausgezogen?"

„Ist das wirklich wichtig?"

Gute Frage. Antwort? Nein. Kein. Bisschen.

Seine Finger bohrten sich in ihre Hüfte, und sie wurde hochgehoben, dann fiel sie, als er genüsslich ihre empfindsamen Falten über seinen Schwanz zog.

Ein weiteres Prickeln setzte ein. Oder vielleicht waren es die verbliebenen Nachbeben ihres ersten Orgasmus, aber als Cooper sie so perfekt streichelte, war es nicht mehr weit bis Runde zwei.

Einen Augenblick später wiegte er sich fester als vorher, und die Spitze seines Schwanzes glitt zwischen ihre Falten. Amber verschluckte ein Keuchen.

Cooper stöhnte lang und laut, als er sie auf seinen

Schwanz herabsinken ließ. Langsam und beherrscht, doch sie spürte jeden Zentimeter der wachsenden Verbindung zwischen ihnen.

Als sie schließlich ganz auf seinen Oberschenkeln saß, gab Amber selbst ein leises Stöhnen zum Besten. „Fühlt sich so gut an."

„Mmhm."

Amber spannte vorsichtig ihre innere Muskulatur an und konnte nicht verhindern, dass sie kicherte, als er fluchte und anfing zu keuchen.

„So etwa?" Sie machte es erneut.

Cooper schob die Finger unter ihr Kinn und hob es an. „Du bist eine Plage."

„*Deine* Plage. Jetzt ... sitzen wir hier den ganzen Tag lang rum, oder was?"

Sie hätte sich die neckende Bemerkung sparen und sich die Luft aufheben können für die Lawine der Ekstase, die sie gleich überrollte.

Cooper übernahm die Kontrolle. Hob sie vorsichtig, ließ sie fallen. Brachte ihre Oberkörper so dicht zueinander, dass seine festen Bauchmuskeln gleich da waren, nach ihren Händen gierten. Sie fuhr mit den Fingern über die starken Furchen und Muskeln, ehe sie sich ganz vorbeugte und sie aneinanderschmiegte. Seine Brust und ihre Brüste berührten sich, ihre bereits empfindsamen Nippel bekamen den Großteil dieser Attacke ab.

Sein Schwanz ließ fröhliche kleine Nervenenden in ihr vor Freude tanzen. Jedes Pulsieren schien absichtsvoller, tiefer und intensiver. Wurde langsam schneller, bis Amber an der letzten Grenze schwebte.

Mit einer Hand packte sie seine Schulter, ihre Nägel bohrten sich hinein, die andere ließ sie zwischen ihre Körper gleiten. Spielte an der Stelle, an der sein Schwanz in sie eindrang, machte sich die Finger nass. Sie schob sie ein wenig höher, um Kontakt mit ihrer Klitoris herzustellen.

Ihre Handknöchel strichen dabei über seine Bauchmuskeln, und sein Griff wurde noch einmal fester. So hart, dass sie jeden Finger spürte, der sich in ihre Arschbacken bohrte. „Was brauchst du?", knurrte er. „Ich will spüren, wie du kommst."

„Fast. Fast. Mehr ..." Amber öffnete die Augen und schaute nach unten. Sein starker Körper und ihrer waren auf intimste Weise miteinander verbunden. Licht spiegelte sich im Schweiß auf seinem nackten Oberkörper.

Seine Unterarme pulsierten, während er eine Hand hinabgleiten ließ und die Finger über ihre legte, um ihre Bewegungen zu imitieren und mehr Druck auszuüben.

Diese verdammten Unterarme.

Okay, das Spiel mit ihrer Klitoris und sein langer Schwanz trugen auch etwas bei, aber sie wollte die Unterstützung für diesen Orgasmus ganz seinen Unterarmen zuschreiben.

Das beschloss Amber zu ihrer Erheiterung, bevor sie aufhörte zu denken.

Cooper pumpte ein letztes Mal in sie hinein und hielt sie an sich gedrückt, sein Schwanz tief in ihr vergraben. Ihr Orgasmus pulsierte um ihn herum, und er warf den Kopf zurück und brüllte.

Ein Nachbeben stellte sich ein, ein wiegendes Pulsieren nach dem anderen, und jedes Mal, wenn sich ihr Körper anspannte und sie feststellte, dass er immer noch felsenfest in ihr war und sie zudrücken konnte, wurde sie etwas atemloser.

„Cooper? Du. Bist. Nicht. Gekommen?" Ein Wort auf einmal war alles, was sie zustande brachte.

Sein Blick begegnete ihrem, und er lächelte. Ein süßes,

fürsorgliches Lächeln, während er ihr das Haar aus dem Gesicht zurückstrich und langsam die Hüften neigte. Die Bewegung ließ seinen schweren Schwanz in ihr verrutschen, und ein weiteres Nachbeben traf sie.

Sie stöhnten beide.

Er lehnte die Stirn an ihre. „Ich bin gekommen. Und werde wieder kommen. Und wieder und danach noch ein paarmal. Aber ich muss dabei nicht immer in dir sein."

Amber blinzelte. Das äußerst offene Gespräch mit ihren Freundinnen hatte diese Information enthalten. Sex gab es in vielerlei Geschmacksrichtungen, und sie würde die ganzen einundfünfzig Optionen durchprobieren, ehe diese Woche vorüber war, wenn sie da etwas mitzureden hatte.

„Was immer nötig ist, um dich glücklich zu machen", flüsterte sie. „Wirklich. Ich bin für dich da, Cooper. Was immer du brauchst."

Er neigte ihr Kinn, damit er ihr Gesicht genau mustern konnte. So ein seltsamer Kontrast von Geduld und Lust, wenn man bedachte, dass sie immer noch auf seiner Erektion saß.

„Ich ..." Seine Augen wurden groß, und er fluchte leise. „Oh, verdammt."

Amber hielt inne. Okay, eine Unterhaltung zu führen, während man auf einem steifen Schwanz saß, war eine neue Erfahrung, aber so sollte es eben sein. „Was?"

„Verhütung?" Er wirkte einigermaßen entsetzt und besorgt, und sie wollte ihn schnell beruhigen.

„Ist abgedeckt. Na ja, nicht buchstäblich abgedeckt natürlich, aber ich verhüte." Sie bohrte ihm einen Finger in die Brust. „Komm schon. Ich weiß, dass Shifter keine Geschlechtskrankheiten übertragen, darum haben wir dafür kein Kondom gebraucht, aber man muss sich trotzdem um Verhütung kümmern. Glaubst du echt, ich hätte dich sonst in meine Nähe gelassen, ohne dass du dich irgendwie präparierst?"

Er entspannte sich einen Augenblick, ehe etwas in seinen Augen aufblitze, das um einiges heißer und wilder war. Seine Hand strich ihren Rücken hinauf, und er vergrub seine Faust in ihren Haaren, an denen er zog, um ihr Gesicht zu seinem zu heben. „Warum verhütest du?"

Amber wurde reglos. Cooper hatte schon irgendwie höflich gefragt, doch es war nicht seine Stimme. Sein Bär, oder die wilde Seite von ihm in Menschengestalt, war eindeutig unzufrieden.

Sie dachte zurück an die Warnungen ihrer Freundinnen, dass das Paarungsfieber Typen zu den Über-Beschützern machte. Aber ein Teil von ihr war nicht daran interessiert, einen überempfindlichen Shifter diesbezüglich zu beruhigen, nicht einmal, wenn sie mitten in einer hormonell fordernden Lage waren.

Sie erwischte Cooper an den Ohren und zog daran, ignorierte, dass sie immer noch intim verbunden waren, und geigte ihm die Meinung. „Kondome sind nur ein Teil von Safer Sex. Ich verhüte, damit ich Sex haben kann, wenn ich Sex haben will. Und ich will Sex mit dir, oder das wollte ich bis vor ein paar Sekunden noch. Also, du kannst jetzt mürrisch werden, oder du kannst loslegen. Deine Wahl, Freundchen."

Es war, als würde sie sehen, wie eine Woge über den Strand rollte und ein Durcheinander von Fußabdrücken wegwischte. Die Anspannung in seiner Miene verflog, seine Stirn glättete sich, und anstatt Zorn stellte sich Erheiterung ein.

„Dreister Mensch", murmelte er.

„Du ahnst es ja nicht."

Er hob eine Augenbraue. „Ich freue mich darauf, es

herauszufinden. Jetzt sei bereit, denn ich lege los. Ich habe vor, mit dir das Paarungsfieber zu genießen, und ich habe Energie zu verbrennen."

Cooper legte sie auf die Matratze, war aufgerichtet über ihr.

Amber packte seine Schultern und hielt sich fest für den Ritt ihres Lebens.

9

___

Es waren gute zehn Jahre, in denen Cooper Maßnahmen unternommen hatte, um dem Fieber zu entgehen. Es hatte Wochen gegeben, die er in seiner verwandelten Gestalt verbracht hatte, vom Fieber gequält und von schwarzen Fliegen umschwärmt. Oder sich den Arsch in Schneestürmen abgefroren hatte, völlig allein bis auf die kleinen Tiere, die in den Wäldern zitterten und ihn ängstlich betrachteten.

Die Zügel frei zu haben, um alles, was er wollte, mit Amber zu machen?

Himmlisch.

Bei ihrem ersten Mal hatte er sie ein paar Stunden lang bearbeitet, das meiste davon, ohne etwas zu sagen.

Oh, es gab durchaus Kommunikation. Jede Menge Rufen und Schreien und Stöhnen und Keuchen. Ihm gefiel besonders das Keuchen, wenn dabei sein Name zur Sprache kam, zusammen mit „O ja, ja, *jaaaaaa.*“

Amber war keine sonderlich leise Frau, und Cooper hätte nicht glücklicher sein können.

Der heftige Sex war jedoch nicht das Einzige, was er

genoss. Die Tatsache, dass sie zu ihm gekommen war – das war wichtig und gab ihm das Gefühl, etwas Besonderes zu sein.

„Woher hast du gewusst, wo ich war?", fragte Cooper, als sie eine kurze Pause machten.

„Dein Kalender ist mit meinem verbunden", rief sie ihm in Erinnerung. „Das macht es leicht, dir nachzustellen."

Er streichelte sie unter dem Kinn, legte die Arme um sie und zog sie dichter an sich. Sie waren immer noch nackt, denn sie hatten noch nicht einmal annähernd genug Zeit Haut an Haut verbracht. Bei ihm würde das eine lange Zeit nicht genug sein, und auf keinen Fall während der nächsten Woche.

„Ich hatte all diese Pläne", gab er zu. „Ich bin froh, dass du da bist. Ich bin *so* froh, dass du da bist, weil ich das auch wirklich wollte. Aber ich dachte, dass das erst in ein paar Jahren funktionieren würde, frühestens."

Amber ließ seine Hand von einem Bereich ihres Körpers zu einem anderen gleiten, anstatt zu versuchen, sie ganz wegzunehmen. „Du hast offensichtlich eine Liste, die du dir natürlich in Großbuchstaben vorstellen musst, von *Dingen Die Erledigt Werden Müssen Bevor Du Amber Aufgabelst.* Willst du darüber reden?"

Obwohl es niedlich war, dass sie seine Angewohnheit erwähnte, alles großzuschreiben, kam Ärger auf. „Hier geht's nicht ums Aufgabeln."

Amber wurde reglos.

Verdammt.

„Hier geht's nicht ums Aufgabeln", wiederholte er, diesmal, ohne zu knurren. „Hier geht's um dich und mich, die auf eine gemeinsame Ewigkeit hinarbeiten."

Die Anspannung fiel von ihr ab. Sie nickte entschieden. „Das habe ich schlecht ausgedrückt. Es tut mir leid. Aber ich weiß auch, dass es keine Garantie gibt. Sowohl Lara als auch Kaylee haben mir alles über ihre Fortschritte mit James und Alex erzählt, und obwohl ich ...“

Sie hielt inne. Beäugte ihn.

Verdammt nochmal. Cooper seufzte entnervt. Er lag mit dem Rücken auf dem Bett und starrte an die Decke, während er seinen inneren Bären tadelte. *Würde es dir etwas ausmachen? Knurren gehört nicht zu der derzeitigen Unterhaltung. Und ich dachte, du würdest mich eine Woche in Frieden lassen, nachdem du dich verzogen hast.*

Keine Erwähnung anderer Männer.

Um Himmels willen. Sie hat nur die Namen meiner Brüder ausgesprochen.

Keine anderen Männer.

Du musst verschwinden und mich das übernehmen lassen.

Sein Bär machte sich schnaubend vom Acker.

Cooper zog Amber über sich, drehte sie auf den Rücken, sodass sie an seiner ganzen Vorderseite verbunden waren. Damit standen ihm ihre Brüste zur Verfügung, um sie in die Hand zu nehmen und zu streicheln, seine Lippen streiften ihr Ohrläppchen. „Okay, wo waren wir?“

Amber lachte leise, doch sie streckte sich seinen Händen entgegen wie ein Kätzchen, das gestreichelt werden wollte. „Wir haben besprochen, warum du mich nicht jedes Mal angefallen hast, wenn wir einander im Büro begegnet sind.“

„Guter Punkt für den Anfang. Du arbeitest für mich. Das ist keine perfekte Ausgangslage, um eine Beziehung anzufangen.“

„Ich arbeite für den CEO von Borealis Gems, der, schätze ich, auf dem Papier, immer noch dein Vater ist.“

Cooper hielt inne. „Das ist eine ziemlich vertrackte

Ausflucht. Du arbeitest für mich. Du hast es gerade erwähnt – unsere Kalender sind verbunden."

„Wenn du vorhast, mich zu feuern, weil ich dich anmache, steht dir ein Krieg bevor. Bei deinen Brüdern, deinem Großvater und den ganzen Abteilungsleitern wie R&D und Alex' Security-Teams, sprich auch nur *an*, dass ich weg sein könnte, und ..." Sie rollte sich herum und bohrte die Ellbogen in seine Brust. „Hör auf, mich anzuknurren."

„Das bin nicht ich", widersprach Cooper. „Es ist mein verdammter Bär."

Ein niedliches Stirnrunzeln verzog ihre Miene.

„Du sprichst von anderen Typen, die dich mögen. Er ist eifersüchtig."

„Du liebe Güte ..." Amber zögerte. „Er hört uns zu?"

„Weshalb sollte er das nicht? Er ist ich", sagte Cooper, ehe ihm klar wurde, dass das ein wenig herablassend klang. „Es ist ... kompliziert."

„Natürlich muss es kompliziert sein", murmelte sie leise, ließ das Kinn in der Handfläche ruhen. „Cooper, Beziehungen, die im Büro stattfinden, sind keine gute Idee, wenn einer die ganze Macht besitzt. Ich arbeite gerne für Borealis Gems und ich arbeite gerne für dich, aber wir sind keine typische Büro-Romanze. Selbst wenn man bedenkt, dass du ein Eisbären-Shifter im Paarungsfieber bist, sage ich es jetzt mal einfach – ich habe null Sorgen, dass jemand dir vorwerfen wird, dass du mich zu einer Beziehung gedrängt hast."

„So einfach ist das?" Er strich mit den Fingern durch ihre Haare, ließ sie über ihre Schulter fallen. „Okay, solange du mir versprichst, dass du Borealis Gems niemals verlässt, um woanders zu arbeiten, ohne uns ein Gegenangebot machen zu lassen, bei dem wir deine Boni und dein Gehalt erhöhen."

Amber lachte leise. „Lara hat bereits versucht, mich zu stehlen, und ich habe Nein zu ihr gesagt. Alles gesichert."

Er hatte Witze gemacht. „Ernsthaft? Lara hat versucht, dich für Midnight Inc. zu ergaunern?"

„Ups." Sie schlug sich eine Hand vor den Mund, dann zwinkerte sie. „Okay, gehen wir weiter zum nächsten Sorgenpunkt, den du hattest."

„Du bist eine Plage", sagte Cooper mit etwas, das Freude nahekam und durch seinen Bauch flirrte. „Und du bist jung."

Sie verdrehte die Augen so sehr, dass damit schon beinahe alles gesagt war, doch sie ließ darauf ein riesiges, frustriertes Seufzen hören. „Ich kann nicht glauben, dass du das bei mir versuchst."

„Ich bin sechsunddreißig", erklärte er.

„Ich gratuliere."

„*Amber.*"

„*Cooper*", wiederholte sie im selben Tonfall. „Ich bin fünfundzwanzig, das ist jünger als du, ja. Aber es ist alt genug, um zu wissen, wie ich ticke. Außerdem werden Frauen schneller reif als Männer, und Menschen werden auf jeden Fall eher klug als Bären-Shifter."

„*Hey.*" Sowohl Cooper als auch sein innerer Bär wurden davon getroffen.

Sie tätschelte ihm dreist die Wange. „Das heißt aber nur, dass du dein Gemüse aufessen musst, damit du mit mir mithalten kannst." Ihre Miene wurde ernst, und rasch machte sich Traurigkeit breit. „Ich kann nichts wegen der Tatsache unternehmen, dass ich ein Mensch bin. Soweit ich weiß, und ich habe sehr viel recherchiert, sind all diese Geschichten, dass man eine Möglichkeit findet, sich in einen Shifter zu verwandeln, nicht mehr als das. Märchen."

„Auf gar keinen Fall ist das ein Problem", versicherte ihr Cooper. „Ich habe keine Einwände, dass du ein Mensch bist, und meinem Bären macht das auch überhaupt nichts aus."

Ihre Augen wurden ein Augenblick lang groß, dann nickte sie fest. „Es bedeutet, dass ich nicht bei deinen Aktivitäten dabei sein kann, wie es Kaylee und James machen, oder Lara und Alex. Wenn wir raus in die Wildnis wollen ..."

„Dann werden wir eine Möglichkeit finden, es zu tun, die für uns funktioniert." Cooper richtete sich auf, hob sie neben sich, sodass er ihr leichter in die Augen schauen konnte. Er legte seine Hand um ihre. „Ich bin nicht meine Brüder, und du bist nicht deine Freundinnen, und was wir haben, wird für uns einzigartig sein. Aber ich weiß bereits von einer sehr erfolgreichen Kombination aus Eisbär und Mensch. Es sind Leute, zu denen ich aufschaue."

Ambers Blick blieb auf seinen fixiert. „Deine Großeltern."

„Ja. Und wenn man bedenkt, wie lange sie zusammen sind, bin ich mir ziemlich sicher, dass es kein Problem sein wird, dass du ein Mensch bist."

Er wollte wirklich weiterreden, aber es war beinahe eine Viertelstunde her, seit er sie dazu gebracht hatte, sich zu winden, und da das Paarungsfieber in ihm brannte, war das gute vierzehn Minuten zu lang.

Außerdem schien es, dass sie die meisten Punkte auf seiner Liste von *Problemen Die Erledigt Werden Müssen* mit einem Streich gelöscht hatte.

Nicht einmal vierundzwanzig Stunden später übernahm Amber die Kontrolle über das Geschehen, was das Essen und Trinken betraf. Sie war vor ihm aus der Dusche geschlüpft, und bis er wieder das große Zimmer betrat, schleppte sie irgendwie schon einen riesigen Stapel Kisten durch die Tür.

„Was ist das?" Er eilte dazu, um ihr beim Hereinschleppen zu helfen, brummte zustimmend, als der satte Geruch nach Rippchen von seinem liebsten Grill-Lokal durch die Luft trieb. „O mein Gott, du hast Lieferessen mitgebracht."

„Ich weiß nicht, was du dir gedacht hast, als du die Kühltaschen gepackt hast, aber du hast nicht mal annähernd genug Kalorien für eine Maus mitgebracht, ganz zu schweigen von uns beiden." Sie deutete mit einem herrischen Handwedeln auf die Veranda. „Hol die restlichen."

Cooper kicherte. „Ja, Ma'am."

„Werd mir nicht frech", warnte sie, „oder du wirst noch sehr viel öfter *ja, Ma'am* sagen."

„Leere Versprechungen." Er schnappte sich das Brötchen, das sie ihm an den Kopf warf, packte es mit den Zähnen und knurrte dann lustvoll, während er es schüttelte.

Amber ignorierte in königlich.

Er kam dazu, um den Rest der Vorräte hereinzuschleppen, und hielt nur inne, als sie ihn mit der Faust anstieß. Der Faust, die ihm einen übergroßen Bademantel hinhielt, den sie sich von irgendwo geschnappt hatte.

„Zieh den an. Ich weiß, wie du nackt aussiehst, aber wir wollen nicht jeden, der an dieser Hütte vorbeimarschiert, eifersüchtig machen. Du gehörst ganz mir."

Ihm gefiel, wie besitzergreifend dieser Kommentar klang.

Nachdem sie sich die Bäuche vollgeschlagen haben, dachte er noch einmal neu über den Gedanken nach, sie die ganze Zeit nackt zu lassen, und trug ihr auf, sich etwas anzuziehen. „Wir müssen eine Weile raus."

Die Sonne, die durch die Fenster der Hütte hereinströmte, war verlockend, und die paar Augenblicke, in denen er in den beißend kalten Dezembertag hinausgetreten war, während er sich die Kisten geschnappt hatte, hatten ausgereicht, um kurz das Paarungsfieber zu unterbrechen.

Cooper war gern draußen. Selbst mit seinem Bürojob verbrachte er normalerweise ein paar Stunden des Tages, indem er in seinem Pelz herumstrich, und obwohl Amber eine gute Ablenkung gewesen war, konnten sie beide etwas frische Luft vertragen.

Willst du dir die Beine vertreten?, bot er seinem inneren Bären an.

Vorsichtiges Interesse meldete sich. *Dabei würde ich nicht mein Versprechen brechen?*

Auf keinen Fall. Wir verwandeln uns, um bei Amber zu sein, nicht, um ihr aus dem Weg zu gehen.

Sein Bär zuckte mit den Schultern. *Du bist derjenige mit den Regeln.*

Cooper warf einen Blick auf Amber. Sie hatte ihm den Rücken zugewandt, stand vor dem Spiegel neben der Tür, während sie die Mütze auf ihrem Kopf richtete. Sie war bereits in ihren Stiefeln und ihrem Mantel, warme Handschuhe ragten aus ihrer Tasche.

Perfektes Timing. Er warf seinen Bademantel ab und verwandelte sich, streckte sich faul aus, um die verspannten Stellen zu entspannen.

Amber wirbelte herum. Dann prallte sie zurück und schrie laut genug auf, dass die Fenster klirrten.

10

Cooper setzte sich völlig schockiert hin.

Es dauerte einen Augenblick, doch Amber fand ihr Gleichgewicht wieder, den Rücken an die Tür gedrückt, die Hand auf der Brust, als würde sie versuchen, ihr Herz am Herausspringen zu hindern. „Verdammt, Cooper. Nächstes Mal warn mich doch vor."

Er legte den Kopf schief und überlegte, ob er sich zurückverwandeln sollte. Sie zitterte immer noch. Ihr Herz hämmerte laut genug, dass er es über die Entfernung zwischen ihnen hören konnte, und der scharfe Geruch nach Angst drang durch die Luft wie ein Notsignal.

In seinem Inneren stieß sein Bär ein riesiges Seufzen aus.

Amber holte tief Luft, dann hob sie den Blick zum Himmel. „Verflixte Shifter." Sie öffnete die Tür und winkte ihn nach draußen. „Komm schon, Cooper. Holen wir uns etwas Frischluft."

Er bewegte sich langsam, um sie nicht wieder zu ängstigen, und sobald sie draußen waren, schienen sich die Dinge enorm zu verbessern. Cooper stapfte durch den

Schnee, um einen Weg zu schaffen, und Amber folgte ihm. Nahe genug, dass das Paarungsfieber nicht dafür sorgte, dass er Zuckungen bekam, weil er keinen Kontakt hatte, und weit genug entfernt, dass sie nicht über seine Beine stolperte.

Aber er zog nicht seine ursprüngliche Idee durch, nämlich, ein Spiel für sie zu veranstalten, das sie draußen spielen konnten. Stattdessen unternahmen sie einfach gemeinsam einen Spaziergang. Es fühlte sich trotzdem gut an, doch etwas Kleines, Verspanntes nervte ihn im Inneren – und dann schoss das Paarungsfieber hoch, und er dachte an nichts mehr bis auf die Frau, die er wollte.

Cooper verwandelte sich auf der Stelle.

Amber keuchte überrascht auf, dann keuchte sie noch einmal, als er nach unten griff, um sich in seinen großen Fäusten ihre Hose zu greifen. „Cooper?"

„Ist das ein Ja?"

Sie nickte sofort, Gott sei es gedankt, denn sein nächster Schritt war, ihre Kleider gerade weit genug aufzureißen, dass er sie hochheben und hier auf der Stelle nehmen konnte, ihre Arme und Beine um ihn geschlungen.

Die Winterluft peitschte seine nackte Haut, aber die Hitze des Sex war ein perfektes Gegengewicht, und es dauerte nicht lang, da schrie sie seinen Namen, ohne sich zu kümmern, wo sie waren.

Die nächsten vier Tage vergingen rasch, doch Cooper hatte nie das Gefühl, als wäre es überhastet. Sie duschten lange, gefolgt von einer genüsslichen Zeit, in der er sie mit großer Sorgfalt abtrocknete, bis ihre Haut glänzte. Amber war eine Droge, die ihn immer wieder zu sich rief.

Es war acht Tage, nachdem das Fieber eingesetzt hatte, als Cooper wusste, dass sie am Ende angelangt waren. Sie hatten sich auf der Schaukel auf der Veranda zu einem letzten Mal Kuscheln zusammengerollt, ehe sie aus der Hütte auscheckten, eine schwere Decke warm über Amber geschlungen, die an seiner Seite lehnte. Ihr Kopf ruhte auf seiner Brust, und sie schauten über die verschneite Lichtung hinaus, auf der sie jeden Tag spazieren gegangen waren.

„Cooper?"

Er schmiegte sein Kinn zur Antwort oben an ihre Haare.

Sie verlagerte ihr Gewicht, damit sie zu ihm aufschauen konnte. „Was ist mit dem Paarungsfieber los? Ich meine, der Teil mit dem tatsächlichen Fieber geht vorüber, aber hat sich irgendwas verändert?"

Er hatte sich davor gefürchtet, dass sie fragen würde, denn irgendetwas stimmte auf jeden Fall nicht. Oder genauer ausgedrückt, nichts schien zu stimmen. „Ich habe jeden Augenblick geliebt, den ich mit dir verbracht habe, und das ist nicht das Ende, aber ich fühle mich nicht anders als am Anfang."

Sie antwortete entschieden. „Wir wussten, dass es keine Garantie gab. Vielleicht bin ich nicht zu deiner Partnerin bestimmt."

Ein plötzliches Aufblitzen des Zorns traf ihn. „Pfeif drauf. Ich gebe keinen Deut darauf, was das Paarungsfieber sagt, du bist diejenige, mit der ich zusammen sein will ..."

„Cooper. Du kannst eine Paarbindung nicht so organisieren."

Er richtete sich auf, zog sie ganz auf seinen Schoß, damit er ihr Kinn in eine Hand nehmen und ihr direkt in die Augen schauen konnte. „Du wirst schon sehen."

Amber schüttelte den Kopf. „Ich weiß, wie wichtig es ist, einen Partner zu haben. Lara und Kaylee haben mir erzählt, was genau es bedeutet, und für mich kommt es einfach nicht in die Tüte, mir zu wünschen, dass dir das entgeht."

„Mir wird gar nichts entgehen, denn du bist meine Partnerin. Wir haben offensichtlich unterwegs ein paar Einzelheiten verpasst." Er stieß mit seiner Nase an ihre. „Lass mich mit meinem Bären reden. Vielleicht hat er ein paar Ideen."

Als Cooper sein inneres Tier aufforderte, bekam er sofort eine Antwort.

Sie hat keinen Platz für mich.

Diese Aussage ergab keinen Sinn, aber sie war mit solcher Klarheit ausgesprochen, dass Cooper annahm, dass es keine hingeschleuderte Anmerkung war.

Hast du dazu irgendwelche Einzelheiten? Ich will sie als meine Partnerin. Sie sagt, sie will dasselbe, darum verhindert keiner von uns, dass die Paarbindung sich einstellt. Was bedeutet, dass du es …

Sie mag dich, stimmte sein Bär zu. Er redete langsam, als würde er zögern, es zu erklären. Aber es war ein notwendiges Übel. *Mag mich in sicheren Umgebungen, aber der Bär ist wild. Sie muss auch mich auf diese Weise lieben.*

Verständnis dämmerte herauf. Im Lauf der Jahre war es zu oft vorgekommen, als dass ihm nicht aufgefallen wäre, wie genau Amber reagierte, wenn sie in der Nähe seiner verwandelten Gestalt war. *Du kannst nicht dafür sorgen, dass jemand sich nicht vor dir fürchtet,* erklärte Cooper. *Du bist ein großes, gefährliches Tier.*

Sein Bär schniefte zart. *Ich weiß das, und das ist ein zweites, kleineres Problem. Das große Problem ist, dass sie keinen Platz für mich hat. Noch nicht.*

Was du sagst, ergibt keinen Sinn, weißt du. Nachdem du diese ganze Energie aufgebracht hast, um mich anzustiften, mit ihr zusammen zu kommen, und all diesem besitzergreifenden Knurren in dieser Woche, jedes Mal, wenn ein anderer Mann erwähnt wurde, ergibt es keinen Sinn, dass du sie nicht in diesem Augenblick für dich beanspruchst.

Ich bin ein Bär. Ich muss nicht logisch sein.

Cooper wollte das Tier schütteln, doch Amber schaute ihn mit Tränen in den Augen an, und er wollte ihre Qualen nicht verlängern. Alles, was er sicher wusste, war, dass er ihre Traurigkeit wegwischen und eine Lösung finden wollte.

Aber Ehrlichkeit war vonnöten. „Mein Bär ist der Bremser."

Überraschung flackerte über ihr Gesicht. „Oh. Er mag mich nicht?"

Cooper zögerte. Ehrlichkeit nervte. „Er hat ein paar Sorgen. Eine davon ist, dass du ein kleines bisschen Angst vor ihm zu haben scheinst."

Amber fluchte leise. „Ich glaube nicht, dass er mich verletzen würde, doch die meisten vernünftigen Leute sind ängstlich bei Wesen, die über fünfhundert Kilo mehr wiegen als sie. Ich glaube nicht, dass es unvernünftig ist, dass ich vielleicht ein kleines bisschen vorsichtig im Umfeld einer riesigen Kreatur mit Fangzähnen und Klauen bin."

„Da stimme ich absolut zu", sagte Cooper. „Wir werden es schon hinkriegen."

Sie hielt inne. „Was ist die andere Sorge?"

„Es ist kompliziert. Ich brauche weitere Einzelheiten."

Amber schlang die Hände um seine Schultern und beugte sich dichter heran. „Dann hol dir die Einzelheiten. Ich gehe nirgendwohin."

Erst küsste er sie, denn das musste er. Er *brauchte* es, und ein paar Minuten verschwanden ihre Sorgen, während sie sich perfekt verbanden. Während er ihre Lippen für sich einnahm und ihr hundertprozentig versicherte, dass sie für ihn perfekt war.

Dass sie diejenige war, die er wählte.

Ihre Lippen waren angeschwollen, und sie lächelte schwach, als er sich zurückzog. „Wir werden einen Weg finden. Das ist nur ein kleiner Schluckauf im System. Ein Bug. Ein vorläufiges Hindernis", versicherte er ihr.

„Von epischen Ausmaßen", sagte sie, doch sie blinzelte, ihr Blick klärte sich, um ihm direkt in die Augen zu schauen. „Ich vertraue dir."

Ein Schauer lief durch ihn hindurch, der größer war als ihr Problem. „Das bedeutet mir alles."

Amber wischte sich über die Augen, ehe eine eiserne Entschlossenheit ihre Miene verfestigte. „Okay, Freundchen. Wir brauchen eine Liste. Du redest mit diesem sturen Bären und findest die Einzelheiten heraus, und dann setzen wir das um."

11

———

Amber starrte in Coopers Wohnzimmer auf die Ausrüstung, die in Haufen gesammelt dalag. „Ich weiß nicht, wie ich es dir zurückzahlen soll, dass du das alles so schnell auf die Beine gestellt hast", sagte sie zu Lara.

Ihre Freundin winkte ab. „Du weißt doch, dass wir alles tun würden, um zu helfen, also hör mit diesem dankbaren Schwachsinn auf, und lass uns den Rest der Einzelheiten festlegen."

In der gegenüberliegenden Ecke des Raumes brüteten Cooper und seine Brüder über einigen Karten, zwischen ihnen fand eine lebhafte Diskussion statt.

Kaylee ließ einen Arm um sie gleiten und drückte fest. „Genau, was Lara sagt. Je früher Coopers Bär zufrieden ist, desto eher gehörst du offiziell zur Familie. Und obwohl es mir gefällt, beste Freundinnen zu sein, würde es mich sehr glücklich machen, dich als Schwägerin zu haben."

„Genau." Lara hob den Blick zu demjenigen, der im Eingang stand und an den Türrahmen klopfte. „Dixon. Hast du weitere Informationen gefunden?"

Der langgliedrige Wolfs-Shifter stromerte ins Zimmer.

Er nahm seine Alpha höflich zur Kenntnis, ehe er Amber zuzwinkerte. „Meine Kontaktperson sagt, dass es auf jeden Fall Mason war, den sie gesehen hat. Ich habe die Koordinaten."

Dem Himmel sei es gedankt. Amber wies ihn zu der Ecke, wo die Jungs waren. „Zeig es ihnen. Sie arbeiten die Reise genauer aus."

Sie holte tief Luft und bemühte sich, sich zu beruhigen.

Nach einer Woche der sexuellen Freuden war es heftig gewesen, dass ihre Träume so plötzlich in den Boden getreten wurden. Aber sie waren nicht ohne Hoffnung – als Coopers Bär schließlich die Katze aus dem Sack gelassen hatte, sodass sie es alle verstanden, hatte sich erwiesen, dass seine kryptische *Sie hat keinen Platz für mich*-Beschwerde um die Tatsache kreiste, dass Amber immer noch nach ihrem vermissten Bruder suchte.

Ein Stich ging ihr durchs Herz. So großartig die Möglichkeiten vor ihr waren, die Traurigkeit blieb. Jahrelang hatte sie zwischen Trauer und der Angst gewechselt, dass sie die Spur ihres Bruders verloren hätte. Und nicht zu wissen, was mit ihren Pflegeeltern passiert war.

Doch jedes Mal, wenn sie daran gezweifelt hatte, dass sie je herausfinden würde, was mit ihnen geschehen war, hatte sich die Hoffnung hereingeschlichen. Vielleicht war sie dumm, ein so sicheres Gefühl zu haben, dass sie alle in Ordnung waren, besonders nach so langer Zeit, aber die Empfindung blieb. Dieses Gefühl tief drinnen, zu wissen, dass sie alle dort draußen waren, irgendwo, und dass alles gut war.

Sie musste anfangen, Aktien für McOptimist zu verkaufen.

„Ich muss Mason finden. Das war schon immer der

Fall, aber jetzt hängt so viel mehr davon ab, dieses Ziel zu erreichen", sagte Amber zu Kaylee, ehe sie zugab: „Ich habe Angst. Nur ein kleines bisschen."

Kaylee bot ihr eine ermutigende Umarmung. „Ich verstehe es. Wirklich, das tue ich. Denn das ist etwas, was dir wichtig ist, und Cooper und eure Zukunft. Es ist wichtig wegen deiner Vergangenheit. Aber du wirst es schon hinkriegen. Keiner von uns wird stillhalten, ehe wir dir dein Glück bis ans Lebensende verschaffen."

Flüche wurden in der Ecke laut, in der die Jungs waren, und Amber und ihre Freundinnen drehten sich zu ihnen um, ihre Sorgen wuchsen.

„Was?", wollte Amber wissen.

Coopers Gesicht war grimmig. „Laut dieser Daten haben wir es mit einer Shifter-Siedlung nördlich von Ghost Lake zu tun."

„Das ist gut." Amber hielt inne, denn niemand sonst schien von diesen Neuigkeiten begeistert. „Das ist schlecht?"

„Ich kann euch da nicht hinfliegen", erklärte James ihr offen. „Die Hügel und der Wind vom See sind eine Kombination, die nicht gut für ein Flugzeug ist. Niemand geht da rein oder raus, indem er fliegt."

„Es würde eines Wunders bedürfen, ein Flugzeug da reinzubekommen", stimmte Alex zu. „Die einzige Art, dort hinzukommen, ist laufen."

„Oder gezogen zu werden", schlug James vor.

Verwirrung. Amber wandte sich an Kaylee. „Wovon reden sie da?"

Ihre Freundin wirkte auch besorgt. „Es gibt eine Menge Shifter-Dörfer, die nicht aus der Luft erreichbar sind. Was für euch ein kleines Problem darstellt, außer es ist euch recht, dass ihr erst im Frühling ankommt."

Lara zupfte an Kaylees Ärmel, um ihre Aufmerksamkeit auf sich zu ziehen. „Was, wenn sie einen Hundeschlitten nimmt?"

Kaylee nickte nachdenklich. „Das könnte funktionieren. Wenn Amber wüsste, wie man ihn lenkt. Oh, und wenn sie einen Schlitten und ein paar Hunde findet."

Die plötzliche Eingebung, dass sie das alles unter Kontrolle hatte, traf sie. „Ein Hundegespann wäre in Ordnung, und ich weiß genau, wo man ein paar Schlitten findet. Borealis Gems hat Ersatzschlitten für eines der Teams auf Lager, die wir beim Idatirod sponsern."

„Und die Schlittenhunde?"

In der Ecke des Raums wurde Dixon hellhörig, seine Hand schoss hoch. „Oh, oh. Nimm mich, nimm mich!"

Alex wirkte einen Augenblick lang verwirrt, ehe ihm Lara offensichtlich still mitteilte, wovon Dixon da redete.

Dann verdrehte Coopers Bruder die Augen und murmelte: „Verdammtes Wolfsgehör", ehe er die Arme vor der Brust verschränkte und sich dem übereifrigen Wolf zuwandte. „Dixon Mallory, wir haben doch schon darüber gesprochen. Das Orion-Rudel muss aufhören, sich wie Tiere zu benehmen. Einen Hundeschlitten zu ziehen, ist unter der Würde eines Shifters."

„Pfeif auf Würde, das würde höllisch Spaß machen", sagte Dixon grinsend.

„Lara", drängte Alex, der nach ihrer Unterstützung suchte.

Seine Partnerin zuckte mit den Schultern. „Hier gibt's keine Hilfe, Süßer. Ich stimme zu. Ich bin absolut bereit, für Amber den Schlittenhund zu geben, nicht nur, weil ich sie für toll halte, sondern weil es tatsächlich höllisch Spaß machen würde."

Noch während Alex darum kämpfte, eine strenge Miene aufzubehalten, verfolgte Dixon den Gedanken weiter und schlug Cooper mit einer Hand auf die Schulter. „Ich kann ein Team aus Freiwilligen für euch zusammenstellen, von gleich auf jetzt, kein Problem, Mann."

Er rückte sofort ab, die Hände schützend erhoben, als Cooper die Zähne bleckte.

Doch das Knurren wurde rasch zu einem Lächeln, und Cooper bot Dixon seine Hand. „Das wissen wir sehr zu schätzen. Findet genug Leute für zwei Schlitten, und Amber und ich werden dafür sorgen, dass es sich für euch lohnt."

„Wie ich schon sagte, das Abenteuer ist der Grund, es zu tun." Dixon zog sein Telefon heraus, tippte rasch auf den Bildschirm. „Lass mich mit meinen Jungs reden."

Amber schloss sich Cooper auf der anderen Seite des Zimmers an.

Die ganze Unterhaltung hatte in einem Tornado stattgefunden, aber eine verwirrende Tatsache war geblieben. „Was meinst du mit zwei Schlitten? Kommst du mit mir?"

Cooper wurde völlig reglos. „Natürlich komme ich mit dir. Glaubst du wirklich, ich würde dich losziehen lassen, damit du deinen Bruder ganz allein aufspürst?"

„Ich dachte nicht, dass dein Bär mit mir zusammen sein will", gab sie zu.

Sofort wandelten sich seine Augen, als seine wilde Seite in den Vordergrund trat. Der Bärencharakter war da, ganz gleich, welche Gestalt er annahm, doch jetzt sogar noch offensichtlicher – das war kein menschlicher Intellekt, der zurückstarrte. „Du gehörst trotzdem mir. Du gehst ohne mich nirgendwohin."

Amber musste sich anstrengen, um nicht zu grinsen. Coopers Beschwerden, wie unlogisch sein Bär sein konnte, schimmerten in diesem Augenblick deutlich durch.

Und dann dachte sie sich, pfeif drauf. Sie war erheitert und dankbar, und seine beiden Seiten mussten das wissen. Sie schlang die Arme um ihn und drückte ihn fest. Umarmte den Bären genauso wie den Menschen. „Ich bin froh, dass ich dir gehöre, und wir kriegen das hin, damit wir *alle* zusammen glücklich sein können."

War es irrational, mit einem Teil von Cooper zu reden, während sie den anderen festhielt? Sich in die Shifter-Welt einzuleben, bedeutete auch, eine Menge Erwartungen über Bord zu werfen.

Es dauerte bis zum nächsten Tag, die Schlitten aufzuspüren, die ganzen Vorräte zusammenzubringen und sich mit der Gruppe Wolfs-Shifter zu treffen, die Dixon zusammengestellt hatte.

Alex wirkte immer noch ein wenig verstimmt, winkte aber ab, als Amber fragte, weshalb er den Mund verzog. „Ich muss mich einfach zusammenreißen. Gestern Abend hat das verdammte Wolfsrudel eine Lotterie veranstaltet, um zu entscheiden, wer das Privileg gewinnt, eure Begleiter zu sein."

Amber nahm ihn in eine feste, enge Umarmung. „Ich verspreche, sie keine *braven Hündchen* oder sowas zu nennen."

Sie blieb nur einen Augenblick in seinen Armen, ehe Cooper sie lautlos am Handgelenk packte und wegzog, sie besitzergreifend in seine Arme nahm und seinen Bruder anfunkelte.

Es war Lara, die mit einem Kirchen antwortete. „Oh, mach ruhig und nenn sie, wie du willst. Du könntest im Augenblick mit einem Mord davonkommen. Jemand hat vorgeschlagen, dass wir dir im Rudelhaus einen Altar bauen sollten. Amber – Göttin der unterhaltsamen Wintererlebnisse."

Die andere Überraschung, als sie nach draußen gingen, um die Schlitten zu beladen – Kaylee und James waren auch da. Sie standen in Bademänteln im Schnee, warteten offensichtlich darauf, sich zu verwandeln und der Gruppe anzuschließen.

„Was macht ihr denn?", fragte Amber. „Ich dachte, du würdest dich um meinen Job kümmern, während ich mich herumtreibe."

Hinter ihnen erklang eine vertraute Stimme. „Ich bin es gewöhnt, als Sekretärin des CEO aufzutreten, von damals noch. Ich bin absolut fähig, diesen schwierigen Mann, der das Sagen hat, unter Kontrolle zu halten, während du deine Familie aufspürst."

Amber drehte sich um, um Coopers Großeltern beisammenstehen zu sehen, Giles' Arm war um Laureen geschlungen. „Mrs. Borealis?"

„Ist das nicht ein wenig gestelzt, meine Liebe? Als Kaylee mir erzählt hat, was los war, haben Giles und ich angeboten, während der Dauer eure Vertretung zu sein." Sie trat vor, hob Ambers Kapuze um ihr Gesicht, und schob ihr die Haare hinein. Eine sehr fürsorgliche und mütterliche Geste, die Amber beinahe von den Beinen holte. „Ihr braucht eure Freunde bei euch, wenn ihr diese Reise antretet. Macht euch keine Sorgen um uns. Wir kümmern uns um alles."

Opa Giles trat auch vor, wie immer glitzerten seine Augen. „Es hat keinen Sinn, zu streiten, wenn sie sich etwas in den Kopf setzt. Gott weiß, dass ich es nicht versuche." Er lehnte sich vor und küsste Amber auf die Wange, dann funkelte er Cooper an, der instinktiv vorgetreten war. „Knurr bloß nicht deinen Großvater an."

Cooper grinste, voller Zähne und Brummlaute. „Danke für deine Hilfe."

Amber wandte sich an Kaylee. Ihre Freundin lächelte und trat vor, um sie zu umarmen. „Wie Oma gesagt hat. Du brauchst deine Freunde bei dir." Sie senkte die Stimme. „Und ein Abenteuer, bei dem man über die Tundra läuft? Dixon hatte recht. Das wird höllisch Spaß machen."

Sie lachten beide, das Geräusch breitete sich in der ganzen Gruppe aus.

Als wäre er herbeigerufen worden, indem man seinen Namen aussprach, erschien Dixon mit einem glücklichen Seufzen neben ihnen. „Das ist so toll. Allerdings ist das Einzige, was uns fehlt, ein Soundtrack, wisst ihr? Etwas, das das Blut in Wallung bringt, bevor man schnell läuft."

Andere aus dem Rudel kamen näher, von Dixons Enthusiasmus angezogen wie Fliegen von Honig.

„Obwohl das manchmal auch nach hinten losgeht. Wenn man zum Beispiel einen Ohrwurm bekommt, aber nur zwei Zeilen des ganzen Liedes kennt, und dann hat man stundenlang nur die im Kopf." Dixons Grinsen war schon kurz vor manisch. „Einmal hatte ich diesen Song aus *Shrek* im Kopf. Er wisst schon, den mit Rockstar und ..."

Panik trat in die Blicke der Wölfe, während Dixon anfing, die einprägsame Melodie zu summen.

„Er ist schrecklich", flüsterte Amber Cooper bewundernd zu, während sie sich fragte, wie der junge Mann so lange überlebt hatte.

Plötzlich zogen sich überall Leute aus, und Amber versuchte, eine sichere Stelle zu finden, an die sie schauen konnte, ohne zu gaffen. Die Wölfe glitten in ihre Shifterfreundlichen Geschirre, von denen Lara erklärt hatte, dass sie sich selbst ausspannen konnten, wenn sie frei sein wollten. Die letzten Vorräte wurden auf den Schlitten befestigt.

James und Kaylee verwandelten sich, und die Luchsin sprang ihren Partner an, was nach einem selbstmörderischen Sprung aussah, wenn man bedachte, wie viel größer er war als sie.

Aber wie immer war James zu seiner Partnerin nett und sanft. Er ließ sich willig auf den Rücken fallen, die Pfoten hoch erhoben, als wäre er ein toter Käfer, sodass Kaylee seinem Gesicht eine Waschung mit der Zunge verpassen konnte.

Es war so viel, um es zu verarbeiten. All diese Menschen waren versammelt, um ihr zu helfen. Ihr und Cooper. Es gab Leben und Lachen, und darunter dieses bleibende Gefühl der Traurigkeit.

Doch auch wie immer – Hoffnung.

Amber drehte sich zu dem sanften Riesen um, der die letzten prüfenden Blicke auf seinen Schlitten warf. Als ob er ihren Blick spüren würde, ließ Cooper die Aufgabe sein, um an ihre Seite zurückzukehren und sie in einer großen Bärenumarmung an sich zu ziehen.

Er rieb ihren Nasen aneinander. „Bist du bereit?"

Mit einem Klammergriff um seinen Nacken küsste sie ihn. Heftig, besitzergreifend. Mit jeder kleinsten Gefühlsregung, die ihre Brust in den letzten paar Stunden und Tagen und Monaten und Jahren angefüllt hatte, wenn sie ehrlich war.

Süße Worte lagen ihr auf der Zunge, doch sie hielt sie zurück, denn ein heulendes und pfeifendes Wolfsrudel war nicht das beste Publikum für ihre erste Liebeserklärung an Cooper.

Aber es stimmte. Sie liebte ihn.

Die Worte würden noch warten müssen, doch das Gefühl war da, wärmte sie aus dem Inneren heraus. Sie zog sich zurück und stellte glücklich fest, dass Cooper glasige Augen hatte, mit einer Miene, die so verträumt wirkte, wie sie sich fühlte.

„Mit dir? Ich bin für alles bereit."

12

Anfangs hatte er sich Sorgen gemacht. Natürlich, denn so war er eben.

Trotzdem hätte er wissen sollen, dass Amber nicht nur große Töne gespuckt hatte, als sie gesagt hatte, sie könne mit einem Hundeschlitten umgehen, und er glaubte nicht, dass das daran lag, dass die Hunde eigentlich Shifter waren.

Sie ließen die Stadt so rasch wie möglich hinter sich und fanden eine offene Strecke nach Nordwesten. Amber übernahm die Führung, mit Lara als ihrem Leittier im Wolfsgespann, das ihren Schlitten zog. Das war für das Orionrudel immer noch vertrautes Terrain, und Cooper machte sich überhaupt keine Sorgen, dass sie falsch abbogen. Nicht, wenn seine Schwägerin sie führte.

Er öffnete einen Kanal zwischen seinem und Ambers Headset. „Du kannst mit dem Schlitten richtig gut umgehen.“

„Ich habe letzten Frühling einen Kurs gemacht. Mir war nicht klar, dass ich das so bald praktisch würde einsetzen können, aber ja. Ich weiß, was ich tue.“ Über die Schulter warf sie nur einen Augenblick lang einen Blick zu ihm zurück. Der Kanal knisterte, dann fuhr sie fort. „Du bist auch nicht so schlecht. Machst du das oft?"

„Oma hat darauf bestanden, dass wir Überlebensfähigkeiten lernen. Denn wie sie sagte: ‚Sogar ihr scheinbar unzerstörbaren Eisbären könntet hin und wieder eine andere Fortbewegungsart nutzen wollen'."

„Sie ist diejenige, die mir den Kurs geschenkt hat. Offensichtlich hat sie dafür eine Leidenschaft." In Ambers Stimme lag ein Lächeln. „Ich mag deine Oma."

„Sie ist jetzt auch deine Oma", beharrte er. Dann wechselte er das Thema, ehe sie noch etwas sagen konnte. „Ist dir warm genug?"

„Falls nicht, kann ich einfach mehr laufen und weniger fahren."

Cooper bewunderte die Aussicht, als die Landschaft sich weitete. Der Schnee war fest zusammengebacken und vom Wind verweht, und sie waren an einer Stelle angelangt, an der sie Seite an Seite fahren konnten.

Die Wölfe, die nicht angeschirrt waren, liefen frei hin und her, die Zungen hingen ihnen aus den Mäulern, während sie vor reiner Freude grinsten. James und Alex liefen auch, ihre trottenden Bärengestalten hoben sich scharf von den geschmeidigen Wölfen und der zierlichen Luchsin ab, die auch mithielt.

Cooper warf einen Blick hinüber zu Amber, doch sie war auf ihre Aufgabe konzentriert. Sie schien nicht die geringste Angst zu haben oder durch die Tatsache eingeschüchtert zu sein, dass sie von einer der ganzen Brigade aus Shiftern in ihren wilden Gestalten umgeben war.

Sie macht sich gut, erklärte er seinem inneren Bären.

Natürlich tut sie das. Du brauchst nicht davon

auszugehen, dass ich sie für falsch für uns halte. Sie ist nur noch nicht bereit für uns, das ist alles.

Dafür, dass sie nicht bereit ist, ist sie aber schrecklich willig, jeden Blödsinn mitzumachen, sagte Cooper mit einem Hauch Ärger.

Obwohl er verstand, wie wichtig es war, Ambers Bruder zu finden, hatte diese ganze Verzögerung, ihre Paarbindung zu vervollständigen, einen zischenden Frust hinterlassen, der gleich unter seiner Haut brodelte. Als ob der fehlende Abschluss das Ganze irgendwie schlimmer machte.

Sein Bär verschwand, und Cooper konzentrierte sich wieder auf die Aufgabe vor ihm.

Sie hielten ein paarmal inne, damit alle sich ausruhen und die Wölfe ausgewechselt werden konnten, die eine Pause brauchten.

Und essen. Jeder musste essen.

Das Wetter spielte mit, der Himmel über ihnen war blau mit Wolkenfetzen, die sich wie Bänder über die große Weite legten. Eisige Kälte sorgte dafür, dass sich jeder Atemzug frisch und scharf anfühlte. Es war ein herrlicher Tag, um draußen zu sein, und da alle dabei waren, war es eher eine Party als ein ernstes Unternehmen.

Amber zog die Nahrungsvorräte von ihrem Schlitten und reichte sie herum, ging mitten unter die Wölfe. Lara und Kaylee hatten sich zurückverwandelt, zogen sich rasch wegen der Kälte an und halfen ihr. James und Alex verwandelten sich ebenso und schlossen sich Cooper an, während er ein Mittagessen für alle herrichtete, die nicht noch ihren Pelz trugen.

Keine dieser Pausen dauerte sonderlich lang, doch es ging trotzdem den Großteil des Tages drauf, um die Strecke zu dem kleinen Dorf zu schaffen.

Sie fuhren auf eine Lichtung mitten auf dem Platz, und ein Begrüßungskomitee kam ihnen entgegen.

Eine ältere Frau trat vor, die die Gruppe neugierig beäugte. „Willkommen. Ich bin Anführerin Starling. Sucht ihr nach einem Ort, um zu übernachten?"

Amber trat vor. „Wahrscheinlich. Außerdem jedoch versuche ich, meinen Bruder aufzuspüren, Mason Myawayan. Wir haben gehört, dass er vielleicht hier gewesen ist."

Die Frau runzelte die Stirn. „Ich glaube, ich erinnere mich an diesen Namen, aber es ist schon eine Weile her."

Cooper schlang einen Arm um Amber und drückte sie ermutigend. „Wenn er hier war, können wir vielleicht herausfinden, wo er als nächstes hinging. Wenn Sie irgendeine Möglichkeit haben, Ihre Aufzeichnungen zu überprüfen, wüssten wir das zu schätzen."

Eine geflüsterte Unterhaltung fand in der Gruppe der Kinder statt, die sich versammelt hatten. Sie beobachteten fasziniert, wie jedes Mitglied des Wolfsrudels aus dem eigenen Geschirr schlüpfte und dann hinter den Einheimischen her trottete, die sie zu einem Platz führten, an dem sie die Nacht verbringen konnten.

Aber nun trat ein kleines Mädchen vor, ließ die Hand in die der Ältesten gleiten, ehe sie aufschaute, um die Erlaubnis zu erhalten, etwas zu sagen.

Die Frau schenkte ihr ein Lächeln, ehe sie sich an Amber wandte. „Meine Enkelin." Sie schaute sich das kleine Mädchen an. „Fällt dir etwas ein, Jessie?"

Das Mädchen nickte sofort. „Ich kann es dir zeigen. Ich glaube, er war es."

Jessie nahm Ambers Hand in ihre und schnappte sich zu Coopers Entsetzen mutig auch seine Hand, zog sie beide zu etwas hin, das wohl ein Versammlungshaus war.

„Es ist lange her, doch ich erinnere mich an ihn, weil er dieselben lächelnden Augen hatte wie du. Nicht nur ein Lächeln auf den Lippen, sondern hier." Sie tippte sich auf die Seite des Kopfes. „Als ob sein Glück zu uns allen herausgeleuchtet hätte."

Jessie hielt vor der Tür eines großen Gemeindehauses inne, ehe sie sie in ein Spielzimmer führte.

Cooper folgte ihnen, während Jessie zu einem Buchregal unterwegs war und das Skizzenbuch eines Künstlers herauszog. Darin waren über ein Dutzend Skizzen von den Kindern der Dorfgemeinschaft. Einige zeigten sie beim Spielen, andere stellten sie bei der Arbeit mit ihren Familien dar.

Alle waren von Mason signiert, mit einem Datum von vor etwa einem Jahr.

Amber ließ einen Finger über die Seite gleiten. „Er war da. Und ja, er hat lächelnde Augen", sagte sie zu Jessie, ehe sie die Arme öffnete, um ihr eine Umarmung anzubieten. „Danke, dass du mir die gezeigt hast. Das gibt mir das Gefühl, dass ich dichter an ihm dran bin als je zuvor."

Das kleine Mädchen schlüpfte in Ambers Arme und drückte fest.

Cooper beobachtete, wie Amber die Augen schloss und Kraft aus diesem netten Austausch zu tanken schien.

Es war fast eine Stunde später, bis die Wölfe alle eine Dusche und etwas zum Anziehen gefunden hatten, und alle versammelten sich, um zu besprechen, was als nächstes zu tun war.

„Meine Kinder haben die Aufzeichnungen überprüft, um zu sehen, ob sich etwas darüber finden ließ, wohin Mason als nächstes gehen wollte. Soweit sie es sagen konnten, nahm er die nordöstliche Handelsroute zur arktischen Küste. Er hat versprochen, unterwegs bei einigen

Familienmitgliedern Päckchen abzugeben." Anführerin Starling stützte die Ellbogen auf den Tisch. „Ich kann euch dieselbe Hilfe anbieten, die wir ihm gewährt haben. Ein paar Schneemobile und Wegbeschreibungen zu Orten, an denen Vorräte lagern."

Bevor Amber etwas sagen konnte, die natürlich begierig darauf war, zuzusagen, meldete Cooper sich zu Wort. „Wie lang ist diese Reise?"

Die alte Frau dachte nach. „Eine Woche? Vielleicht ein paar Tage mehr oder ein paar Tage weniger, abhängig vom Wetter."

Cooper wandte sich an Amber, ohne auf das Murmeln im Hintergrund zu achten, während sich die Information unter den Wölfen ausbreitete. „Wenn du das machen willst, komme ich mit dir, doch ich glaube nicht, dass wir erwarten können, dass sonst noch jemand mitkommt."

Sie verschränkte ihre Finger mit seinen, die in seinem Schoß lagen. „Ich weiß, und es ist wunderbar, sie hier zu haben, aber solange du mit mir kommst, bin ich glücklich."

Er hob ihre verbundenen Hände und küsste sie auf die Handknöchel. „Natürlich komme ich mit. Das stand niemals zur Debatte."

„Das wusste ich auch." Sie drückte ihm die Finger, dann wandte sie sich zurück zum Tisch und der Ältesten des Clans. „Ihr Angebot ist sehr großzügig, und wir wissen es sehr zu schätzen."

Anführerin Starling nickte und klatschte in die Hände, um die Aufmerksamkeit der ganzen versammelten Gruppe zu bekommen. „Da ihr über Nacht bleiben werdet, schätze ich, wir sollten feiern. Wenn sich vielleicht ein paar Freiwillige melden würden, die bei den Vorbereitungen helfen?"

Sie wurde von Wölfen umschwärmt, dann lachte sie,

während sie sie in ein Dutzend verschiedener Richtungen losschickte.

Cooper stellte fest, dass er allein mit seinen Brüdern zurückblieb, während Kaylee und Lara Amber entführten.

Alex musterte ihn von oben bis unten, dann nickte er. „Das ist so ziemlich das, was ich von dir irgendwann mal erwartet habe. Dich in die Wildnis schlagen, um nach Antworten zu suchen."

„Ich hätte nicht gedacht, dass du es mit einem Menschen machen würdest", sagte James, „doch Amber ist perfekt für dich. Ich hoffe, es funktioniert."

Cooper schüttelte ihm die Hand und schlug ihm auf den Rücken, wie es Brüder eben machten – das hieß, fast fest genug, um James die Lunge aus dem Leib zu klopfen. „Natürlich wird es funktionieren. Jetzt los und sorgt dafür, dass Alex' Wölfe nicht in Schwierigkeiten geraten."

„Warum sind es *meine* Wölfe, wenn sie sich danebenbenehmen? Wie kommt es, dass sie nicht Laras Wölfe sind?", beschwerte sich Alex.

Cooper hob nur eine Augenbraue.

Sobald James wegtrottete und sie allein waren, wurde Alex' Gesicht jedoch ernst. „Fühlst du dich okay?"

Eine merkwürdige Frage. „Schon so ziemlich. Ich bin vermutlich fitter als du, wenn man bedenkt, dass ich den ganzen Tag im Schlitten fahren durfte, anstatt mir die Beine krumm zu laufen."

Alex schüttelte den Kopf. „Das habe ich doch nicht gefragt. Wie geht's deinem Bären? Ich habe ein wenig über die Paarbindung recherchiert, nachdem ich mich so dumm angestellt habe und die Dinge mit Lara beinahe vermasselt hätte. Ich bin letztlich einer ziemlich verworrenen Spur gefolgt, die mich zu einer Information geführt hat, die ein wenig beunruhigend ist. Ich habe das vorher nicht erwähnt, weil ich gehofft hatte, wir würden Mason gleich finden und alles wäre erledigt, aber es sieht so aus, als hättest du noch immer eine weite Reise vor dir."

Cooper überlegte. Dieses elektrische Jucken war immer noch unter seiner Haut. Das war das Einzige, was unnormal schien. „Meine Bärenseite hat ihre Gründe, sich beim Paaren zurückzuhalten. Ich kann ihm das nicht vorwerfen, und wir kümmern uns so rasch darum, wie es möglich ist."

Sein Bruder senkte die Stimme. „Pass einfach auf. Soweit ich gelesen habe, kann, wenn es der Shifterpart ist, der sich zurückhält, und es zu lange dauert, eines von zwei Dingen passieren. Entweder wird er letztlich die völlige Kontrolle übernehmen, oder du musst es tun. Dauerhaft."

Lieber Gott. „Willst du damit sagen …?"

„Wenn du die Paarbindung nicht rechtzeitig abschließt, könntest du als Bär festsitzen. Oder du könntest am Ende ein Mensch sein, der sich niemals wieder verwandeln kann. Und je länger du wartest, desto weniger wirst du die Wahl haben, was es wird."

13

Der Abend verging in einem Rausch, und Amber stellte fest, dass sie außergewöhnlich viel lächelte.

Es wurde gegessen und getrunken und getanzt. Ein paar Mitglieder des Orion-Wolfsrudels schienen darauf erpicht zu sein, alles drei gleichzeitig zu tun, was bedeutete, dass es auf der Tanzfläche gefährlich wurde.

Ihre Freundinnen waren da, und das Lachen und die Wärme dieses Abends waren noch besser, weil auch Kaylee und Lara glücklich waren. Sie tanzten alle abwechselnd mit ihren Partnern, und die liebevollen Mienen auf James' und Alex' Gesichtern, während sie auf ihre Gefährtinnen hinabstarrten, ließ jede kleinste Hoffnung in Ambers Herz aufflammen.

Als es an ihr war, in Coopers Armen zu liegen, war es kurz vor perfekt.

Sie seufzte glücklich und schmiegte die Wange an seine Brust, während er sie über die Tanzfläche führte.

„Für einen kleinen Menschen machst du eine Menge Lärm", neckte sie Cooper.

Sie schaute auf und grinste. „Ich dachte, das wäre etwas, was dir an mir gefällt. Wie laut ich bin."

Hunger blitzte in seinen Augen auf, und als nächstes verließen sie auch schon den Versammlungssaal. Sie lag über seiner Schulter, ihr Gesicht so heiß, wie es nur sein konnte, doch trotz der Pfiffe, die ihnen folgten, war es ihr egal.

Noch egaler wurde es ihr, als er rasch das Zimmer suchte, das sie bekommen hatten, ihr die Kleider auszog und sie anschließend zärtlich liebte.

Als sie fertig waren, beide noch schwer atmend, kuschelte sich Cooper an sie und hielt sie fest. Strich ihr über die Haare und streichelte sie, als könne er nicht genug bekommen.

„Bist du bereit, dich in die Wildnis aufzumachen? Nur wir beide?", fragte er leise.

Amber drehte sich in seinen Armen, schaute in die leuchtenden Tiefen seiner dunkelblauen Augen. „Ein paar Dinge daran machen mir Angst, aber nicht die Tatsache, dass wir zusammen sein werden. Und ich spüre es – dieses Gefühl, dass alles, was wir brauchen, gleich um die nächste Ecke ist. Ich gebe uns nicht auf, Cooper."

„Das mache ich auch nicht. Es gibt nichts, was mich davon abhalten kann, mit dir auf ewig zusammen zu sein. Mir ist es egal, was dazu nötig ist, oder welche Opfer gebracht werden müssen, wir *werden* zusammen sein."

Sie hielt ihr Lächeln zum Großteil zurück. Er klang in diesem Augenblick so dramatisch, weit entfernt von dem logischen, Schritt für Schritt vorgehenden Anwalt, in dessen Umfeld sie sich so viele Monate aufgehalten hatte. „Versuchen wir doch, das mit dem Opfer zu vermeiden, okay? Und nur, um es klarzustellen, ja, ich weiß, wie man ein Schneemobil fährt. Eine weitere Sache, die ich beim Leben mit meinen Pflegeeltern gelernt habe.“

Cooper stützte sich auf einen Ellbogen. „Sie klingen, als wären sie ziemlich toll gewesen.“

„Sie *sind* toll.“ Sie nickte entschieden. „Sobald wir Mason finden, wird er uns mehr erzählen können. Ich glaube nicht, dass sie für immer weg sind, wirklich nicht.“

Sein Grinsen war strahlend und glücklich. „Du bist eine solche Optimistin. Das ist eine gute Eigenschaft. Auf die Hoffnung zu blicken. Das Gefühl zu haben, dass die Dinge sich zum Guten wenden werden.“

Sie fuhr langsam mit den Fingern seine Brust hinab, neckte ihn und berührte ihn, weil sie es konnte. „Zu *wissen*, dass die Dinge sich zum Guten wenden werden.“ Sie hob eine Augenbraue und schaute ihn fragend an. „Weißt *du*, wie man einen Motorschlitten fährt?“

Er nickte.

Ein schleichender Verdacht kam ihr. „Oma Laureen?“

„Aber natürlich. Opa auch, doch er ist normalerweise in Bärengestalt mitgelaufen, während sie auf dem Schlitten war. Wir sind Slalomrennen gegen sie gefahren, und über die Hälfte der Zeit haben wir verloren – diese Frau ist furchtlos.“

Cooper sprach bis spät in die Nacht hinein, teilte Geschichten über seine Familie und seine Großeltern mit ihr. Gelegenheiten, zu denen seine Brüder und er Ärger gemacht hatten, und all die Zeit, die sie damit verbracht hatten, zusammen etwas zu lernen.

Es fühlte sich an, als würde er versuchen, mit ihr alles zu teilen, was ihm wichtig war, und die Worte strömten einfach immer weiter heraus.

Amber wollte ihn nicht unterbrechen, darum hielt sie sich fest und hörte zu und nahm einfach alles auf. Sie schlief mit seiner Stimme in den Ohren ein, während Cooper leise von Liebe und Familie und Entscheidungen murmelte.

Am Morgen begrüßte sie ein kalter Wind, während sie sich auf den nächsten Abschnitt der Reise vorbereiteten, was damit begann, dass sie sich verabschiedeten.

Kaylee umarmte sie. „Bleibt sicher und gesund und meldet euch, wenn ihr könnt. Ich hoffe, ihr findet Mason bald."

„Danke. Und ihr lauft auf dem Heimweg schnell. Ihr wollt bestimmt keine Frostbeulen."

Lara drückte Amber so fest, dass sie sie beinahe von den Füßen riss, ehe sie ihr die Haare zerzauste und ihr dann die Mütze wieder auf den Kopf zog. „Wir kommen klar. Wir haben große Eisbären, mit denen wir kuscheln können, wenn es zu kalt wird."

„Mein süßes Pelzbaby ist wie die größte Wärmflasche der Welt." Kaylee warf einen Blick auf Amber. „Vergiss das nicht. Wenn das Wetter zu kalt wird, sag Cooper, er soll sich verwandeln, und nutze ihn als deine persönliche Heizung."

„Das ist einfacher, als ein Tauntaun aufzuschlitzen", stimmte Lara zu.

„Und riecht viel besser", sagten Amber und Kaylee gleichzeitig, ehe sie in Gelächter ausbrachen.

Cooper verabschiedete sich von seinen Brüdern, die neben dem Wolfsrudel warteten. Er stand geduldig da, während Dixon zu einer übereifrigen Umarmung ankam, dann schüttelte Cooper Alex auf seltsam ernste Art die Hand.

Mit einem letzten Dankeschön an das Dorf und die Anführerin waren Cooper und Amber unterwegs, die

Schneemobile glitten über das schimmernde Weiß, das sich so weit ausdehnte, wie man sehen konnte.

Die Sonne spielte ein Versteckspiel hinter Wolken. Als sie sich herauswagte, war Amber dankbar für die Sonnenbrille, die sie vor dem hellen Gleißen schützte, das von allen Flächen um sie herum zurückgeworfen wurde. Es war, als wäre sie in einer schimmernden Schale, in der von allen Richtungen Lichtfetzen auf sie zuschossen.

Kurz nach dem Mittag fanden sie den ersten Halt zum Nachtanken, füllten ihre Maschinen auf und machten ein wenig weiter auf dem Weg eine Pause. Ein breiter Abschnitt des Flusses wand sich durch die Landschaft, völlig von Eis bedeckt. An der Innenseite war jedoch eine Reihe von Löchern in die gefrorene Fläche geschnitten, und es war klar zu sehen, dass kürzlich jemand Eisfischen gewesen war.

Cooper beäugte den gefrorenen Fluss mit einem eindeutig sehnsüchtigen Ausdruck im Gesicht.

Amber lachte. „Du bist manchmal so leicht zu durchschauen. Möchtest du hier eine Weile anhalten?“

Er fuhr überrascht hoch. „Ich muss das nicht. Es würde uns zu sehr verlangsamen.“

Sie zuckte mit den Schultern. „Ich glaube nicht, dass wir in einem Wettlauf gegen die Zeit sind. Entweder wird Mason da sein, wenn wir ankommen, oder nicht. Nichts hält uns davon ab, mit der Geschwindigkeit zu reisen, die für uns funktioniert. Also, warum angelst du nicht? Es würde einige unserer Nahrungsvorräte für ein andermal aufsparen.“

Cooper nickte langsam. „Ich glaube nicht, dass wir zu lange herumtrödeln sollten, aber du hast recht. Es würde uns Nahrung sparen.“ Er warf einen Blick zu ihr. „Ich muss mich verwandeln.“

Hier kam es also. Seit er sie damals in der Hütte überrascht hatte, hatte Amber auf eine Gelegenheit gewartet, um Stellung zu beziehen.

Sie drang direkt in seine Sphäre vor, stemmte die Fäuste in die Hüften und starrte ihm in die Augen. „Ich habe mir schon gedacht, dass du dich verwandeln würdest, denn ich glaube nicht, dass du sie mit deinen Menschenhänden besser fangen kannst als ich, und mir wäre neu, dass wir eine Angelausrüstung eingepackt haben."

Er schlüpfte langsam aus seiner Jacke, legte sie über den Sitz des Schneemobils. „Ich will die Dinge für dich nicht schwieriger gestalten. Das ist alles."

„Vielleicht gehört zu dem Grund, weshalb dein Bär und ich einander nicht ganz geheuer sind, dass wir nie die Gelegenheit hatten, uns miteinander vertraut zu *machen*. Hast du jemals darüber nachgedacht?"

Er wurde völlig reglos. Öffnete den Mund. Schloss ihn.

Er legte den Kopf schief, doch plötzlich war es sein Bär, der sie beobachtete, während seine Augen sich leicht veränderten, um seine wilde Seite zu enthüllen.

Sie hob eine Hand an sein Gesicht, sein rauer Bart zeigte sich allmählich. „Ich habe keine Angst vor dir." Sie sprach leise, doch deutlich. „Ich bin vorsichtig, und das ist nicht dasselbe wie verängstigt. Vielleicht, wenn wir mehr Zeit miteinander verbringen, wird diese Vorsicht verfliegen."

Amber half, Coopers Hemd auszuziehen, und diesmal war es kein sexueller Rausch, sondern eine Entschlossenheit, mehr über beide Seiten dieses erstaunlichen Mannes zu erfahren, den sie in ihrem Leben wollte.

Auch wenn es ihr völlig unerklärlich war, wie Shifter

den eisigen Wind mit bloßen Füßen auf dem Schnee aushielten.

Sie trat ein wenig zurück, ließ den Blick aber auf ihn gerichtet, als Cooper ihr einmal mehr direkt in die Augen schaute. Er nickte, als würde er zustimmen, und dann ...

Es war unbeschreiblich. Dieser Augenblick des Übergangs zwischen Tier und Mensch. Seine Magie schien die Formen zu verwischen, sodass er gleichzeitig Cooper der Mensch und Cooper der Bär war, und doch keines von beidem.

Als die Magie zum Ruhen kam, saß ein riesiger Eisbär mit blauen Augen vor ihr, nur ein paar Schritte von ihr entfernt, ganz, ganz reglos.

Was sehr rücksichtsvoll war, den ganz gleich, wie sehr sie beweisen wollte, dass sie beide Seiten dieses Mannes akzeptierte, *holla die Waldfee*, er war groß.

Großer Kopf, große Pfoten. Großer Körper, der sich nun auf das Eis niederließ, während er das Kinn zwischen die Vorderpfoten nahm und zu ihr aufschaute.

Wartete.

Amber trat vor, beugte sich weit genug hinab, damit sie mit der Hand durch den dichten Pelz oben auf seinem Kopf und an seinem Nacken streichen konnte. Langsam ging sie um ihn herum, gewöhnte sich an das Gefühl des Fells unter ihren Fingern. Als sie die Größe seines Oberkörpers betrachtete, beschloss sie, dass sie, wenn es eng wurde, vermutlich auf im reiten könnte – nicht, dass sie das laut ausgesprochen hätte.

Als sie mit ihrem gemütlichen Marsch um den Giganten, der Cooper war, fertig war, kehrte sie zu seinem Kopf zurück. „Okay, ich habe null Verlangen danach, mit dir in dieser Gestalt ein Armdrücken zu veranstalten, aber ich kann verstehen, weshalb die Mädchen ihre Partner süß nennen."

Cooper hob den Kopf, in seinen Augen stand ganz klar Empörung.

„Tut mir leid, aber es stimmt. Ich meine, du bist auch furchterregend und riesig und ein mächtiges Raubtier, *grrrr* und *knurr* und so weiter. Aber Himmel, du bist auch süß."

Der Bär zog seine Lippen zu einem Lächeln zurück, und messerscharfe Zähne wurden sichtbar.

Amber hatte es erwartet, und wenn auch ihr Puls ein wenig in die Höhe schnellte, wusste sie, dass alles nur Spaß war. „Schleich dich nicht an mich ran, das ist alles, was ich sage. Sonst stürze ich mich vielleicht zu einer Umarmung auf dich."

Cooper der Bär verdrehte die Augen so fest, dass er am Ende auf dem Rücken lag, seine Beine wackelten in der Luft.

Amber nahm ihren Mut zusammen und glitt neben ihn, lehnte sich an seine Flanke und lachte.

Die Verbindung wuchs.

14

Cooper war Hals über Kopf verliebt.

Er stand auch knietief im offenen Wasser des Flussufers, wo Amber ihm befohlen hatte, etwas zu angeln, aber insgesamt war er sehr zufrieden mit der Art, wie die letzten paar Minuten gelaufen waren.

Ist sie nicht toll?, fragte er seinen Bären.

Das Wesen grollte ein wenig, leicht abgelenkt von den Fischen, die unter der Oberfläche dahinschossen. Vor allem wollte er die Wahrheit nicht zugeben.

Mach schon. Gib es zu. Amber ist toll, und sie kam problemlos mit deinem großen, pelzigen Arsch klar, ohne auszuflippen. Vielleicht war das eine Möglichkeit, in der Paarung-Situation eine Abkürzung zu nehmen, bevor es zu irgendwelchen von den schrecklichen Problemen kam, die Alex erwähnt hatte.

Ich mag sie, gab sein Bär zu. *Sie bemüht sich, aber sie muss ihren Bruder finden. Ansonsten wird sie all ihre Zeit damit verbringen, sich zu fragen, wo ihre Familie ist, anstatt unsere Familie zu werden.*

Und da kam Cooper auch wieder nicht gegen die Logik

an. Was nervig war, wenn man bedachte, wie der Bär zur Logik stand.

In den nächsten fünfzehn Minuten überließ er sich seiner anderen Seite und genoss es enorm, die silbernen Lachse zu jagen. Sobald sie eine hübsche Auswahl hatten, setzte er sich hin und wartete darauf, zu sehen, was Amber tun würde.

Sie hatte ihn beim Fischen beobachtet, und sie trat sofort vor. Ihre Anerkennung war eindeutig, während sie sich über den Haufen Fische beugte, die immer noch auf dem Flussufer zappelten, und ihm dann zunickte. „Sehr schöne Fische. Gut gemacht."

Okay, sie ist schon irgendwie süß, wenn sie sich einschmeicheln will, sagte sein Bär.

Doch dann musste das verdammte Tier sich unbedingt schütteln.

Ein empörter Schrei klang von Amber herüber. Bis Cooper sich wieder völlig zusammengerissen und in einen Menschen verwandelt hatte, konnte er nur noch feststellen, dass sie ihn anfunkelte. Wasser tropfte ihr von der Nasenspitze und den Ärmeln.

Er zuckte mit Schultern. „Ups?"

Amber verdrehte die Augen, dann schüttelte auch sie sich, seiner Einschätzung nach wenig erfolgreich. „Gut. Zieh dich an, und du kannst mir helfen, diese Fische zu verarbeiten."

Und das war der Punkt, an dem Cooper herausfand, dass trotz all der Lektionen, auf die seine Großmutter beharrt hatte, dass er und seine Brüder sie in menschlicher Gestalt erhielten, Teile seiner Ausbildung schlicht fehlten.

Das Feuer rauchte nur. Außerdem, als er einen Fisch nahm, um Amber zu helfen, ihn zu säubern, hatte er keine Ahnung, was zu tun war.

Amber hatte ihn in seiner Menschengestalt genauso beobachtet, wie sie ihn in seiner Tiergestalt gemustert hatte, und nun schob sie seine Hände weg und nahm ihm den Fisch ab. „Ich arbeite später daran, dir das beizubringen. Jetzt sollten wir rasch etwas zu essen bekommen und uns dann wieder auf den Weg machen."

„Aber es gibt kein Feuer", knurrte Cooper, der auf so vielen Ebenen auf sich selbst wütend war.

„Wir brauchen jetzt kein Feuer, und wenn wir es nicht schaffen, heute Abend eins anzufachen, ist das auch in Ordnung. Du wirst mich einfach warmhalten müssen", erklärte ihm Amber. „Ich bin ziemlich sicher, mit dir und diesen hochwertigen Schlafsäcken wird es mir wohlig warm."

Sie hatte beim Reden rasch gearbeitet und reichte ihm nun einen Teller, auf dem wunderbar aufgeschnittene Bänder aus Lachs-Sashimi lagen.

Cooper tat so, als wäre er schockiert. „Ich kann das nicht essen. Es ist roh."

Sie starrte ihn entsetzt an. „Du nimmst mich auf den Arm, oder?"

Er wusste nicht, wie er seine Miene ausdruckslos halten konnte. „Rohes Essen? Das ist für Bären."

Von mir aus gerne. Seine tierische Seite drängte ihn begierig.

Amber glitt auf seinen Schoß, eine Augenbraue erhoben, während sie ihn musterte. Dann schüttelte sie den Kopf und grinste. „Du ziehst mich auf."

Er gestattete sich ein Lächeln, während er mit seinen Fingern eines der zarten Fleischstücke nahm. Er hob es zu ihrem Mund. „Iss."

Ihre Lippen schlossen sich um seine Finger. Ihre Zunge

stieß heiß und feucht an ihn, während sie sich zurückzog und zu kauen begann.

Cooper nahm das nächste Stück selbst und befahl seinem Körper, sich zu benehmen, bis das Essen weg war, denn dann würde es für sie keinen Grund mehr geben, weiterhin in der Kälte zu sitzen. Nicht, wenn sie ihn mit diesen Augen ansah, die sagten, je eher sie ein Nachtlager aufschlugen und sie sich wirklich aufwärmen konnten, desto besser.

Beim Reisen stellte sich ein müheloser Rhythmus ein. Sie wachten auf, aßen, packten und waren unterwegs. Während alldem unterhielten sie sich, wenn sie konnten, ihre Kopfhörer summten vor lauter geteilten Geschichten und Hoffnungen und Träumen.

Draußen in der Tundra war es einsam, die Landschaft veränderte sich nur allmählich, sobald sie die Baumgrenze hinter sich hatten. Es gab Abschnitte mit mehr Felsen oder mehr Hügeln, oder manchmal einem See mit zerzausten Sträuchern, die sich am Ufer festkrallten. Aber der weiß-blaue Himmel und die kleinen Büsche, die von weiterem Weiß bedeckt waren, waren so ziemlich alles.

Die Benzinvorräte waren in gutem Zustand, doch bei jedem, an dem sie ankamen, roch Cooper weniger Aktivität in der jüngsten Vergangenheit.

Sie verbrauchten ihre Vorräte in einem stetigen Tempo, darum verwandelte er sich bei jeder Möglichkeit, um zu angeln. Amber schien überhaupt nicht verstört von seiner tierischen Anwesenheit zu sein.

Sie richteten sich für die dritte Nacht ein, als er sie dabei erwischte, wie sie ein Seil über einen der wenigen Bäume in der Umgebung warf.

„Was machst du da?", fragte Cooper.

„Ich hänge unsere Nahrung auf, wie ich es immer tue."

Er wusste, dass er sie anstarrte. Er hatte keine Ahnung, dass sie das getan hatte. „Warum?"

„Um wilde Tiere fernzuhalten."

„Du bist süß." Die Worte entwichen ihm, ehe er sie aufhalten konnte.

Sie hielt inne. „Äh ... Danke? Aber warum?"

Er erwischte ihr Kinn mit den Fingern. „Das schlimmste, wildeste Raubtier hier draußen bin ich."

Sie blinzelte. „Oh." Eine weitere Pause, dann nickte sie.

Cooper zögerte. Falls sie entsetzt wirkte ...

Ein abgehacktes Geräusch kam ihr über die Lippen. Cooper schaute genau hin, nur um festzustellen, dass Amber lachte.

„Oh mein Gott, dein Gesicht. Mir leuchtet *total* ein, warum Kaylee und Lara sagen, dass Eisbären süß sind."

„Oh, Liebling, nein. Wir sind die schrecklichsten aller Bestien."

„Aber süß ... Ich glaube, das liegt am Zwinkern." Sie spielte es übertrieben vor, und er kicherte im Gegenzug.

So sehe ich nicht aus, wenn ich zwinkere, widersprach sein innerer Bär, doch das Tier kicherte ebenfalls.

Am vierten Tag ihrer Reise standen sie vor einem Problem. Der heutige Benzinvorrat war in letzter Zeit genutzt worden, und nur noch eine begrenzte Menge war übrig.

Amber beäugte die geschrumpften Bestände. „Das füllt schon unsere beiden Schlitten, doch wenn jemand anders hier Halt macht, kommt er in große Schwierigkeiten." Sie warf einen Blick auf ihn. „Was, wenn ich ein Schneemobil nehme, und du in Bärengestalt mitläufst? Wir können hinter mir einen kleinen Schritten anhängen, für alles, was wir sonst noch mitnehmen wollen, aber dann müssen wir nur noch ein Fahrzeug auftanken."

„Bist du sicher?"

„Ich bin diejenige, die es vorgeschlagen hat", erwiderte Amber trocken. „Komm schon. So ist es am sinnvollsten, und solange dein Bär einverstanden damit ist, bin ich mir ziemlich sicher."

Warum ist es so, dass ich mich trotzdem gut fühle, wenn sie ein Kompliment macht, obwohl ich weiß, dass sie sich einschmeicheln will? Das ist ein Menschending, oder?

Es war verdammt erheiternd, das auf jeden Fall.

Es war auch ein hoffnungsvolles Zeichen, denn solange sein Bär noch versuchte, die Dinge auszuklamüsern, glaubte Cooper, dass er keine übereilten Entscheidungen treffen würde, wie etwa, für immer zu übernehmen.

Es ist ein Menschending, stimmte er zu. *Es bedeutet, dass sie dich mag. Menschen gehen damit auch um, indem sie die Leute necken, mit denen sie Zeit verbringen wollen. Und einander hin und wieder anschubsen. Nur dass das kompliziert wird, weil man wissen muss, wer wen anschubsen darf, wann, und ohne Grenzen zu überschreiten.*

Menschen sind komisch.

Dagegen ließ sich nichts einwenden.

Und so kam es, dass Cooper und Amber einen der Schlitten stehen ließen, als sie sich aufmachten. Ein Anhänger mit zusätzlichen Vorräten wurde hinter Ambers Schneemobil angebracht, und Cooper lief in seinem Pelz neben ihr her.

Es lag etwas Herrliches darin, den Schnee unter den Füßen zu spüren, während sie weiterliefen. Amber fuhr den Motorschlitten mit großem Selbstvertrauen, hin und wieder kam sie in einer Delle oder durch eine Erhebung, die von der schieren Kraft der Sonne auf dem Schnee verborgen wurde, ins Schlingern. Aber sie blieb im Sitz, und sie kamen gut voran.

Dunkelheit kam in der Nähe des fernen Horizonts auf.

Cooper bewegte sich zu Amber, um sicherzustellen, dass sie den vor ihnen liegenden Wetterumschlag bemerkt hatte. Sie konzentrierte sich bereits auf den Himmel. Sie wedelte mit der Hand nach vorne, deutete nach rechts, wo ein ganz schwacher Schatten nahelegte, dass es vielleicht Bäume oder einen Ort gab, an dem sie vor dem aufziehenden Sturm Unterschlupf finden würden.

Der Wind nahm zu. Cooper senkte den Kopf und setzte all seine Energie daran, weiterzukommen. Neben ihm kämpfte Amber gegen den Wind und das immer rauer werdende Terrain.

Sie waren immer noch zu weit von der schützenden Deckung der Erhebung weg, als der Wind unerwartet die Richtung änderte. Er hob die Schneeschicht empor, die obenauf lag, und plötzlich waren sie umgeben von nichts als Weiß.

Zwischen zwei Atemzügen verlor Cooper Amber aus den Augen. Er wurde langsamer, als er mit scharfen Ohren nach dem Geräusch des Motorschlittens lauschte. Das stetige Summen wurde langsamer, als Amber vom Gas ging …

Ein knirschendes Heulen erklang und Cooper fluchte, denn er kannte dieses Geräusch. Den entsetzlichen Laut, den ein Motor von sich gab, wenn er mit höchster Geschwindigkeit jaulte, gefolgt vom gedämpft abgewürgten Geräusch, als würde man eine Papiertüte auf einer verschneiten Matratze zusammenknüllen.

Amber.

Er bewegte sich rasch, der umgefallene Anhänger war das erste, was er entdeckte. Ein paar Schritte weiter lag der Schlitten auf der Seite. Der Motor heulte noch, Rauch stieg aus den elektrischen Leitungen auf.

Er senkte die Nase und suchte sich einen Weg direkt zu Amber.

Sie lag so reglos da, dass er beinahe zu Tode erschreckt wurde. Er schob seine Nase an ihren Hals und war erfreut, als er einen Schrei ausstieß, sich herumrollte und von ihm wegkroch wie eine Krabbe.

„Verdammt, Cooper. Ich hab dir doch gesagt, du sollst dich nicht an mich anschleichen." Sie drückte sich eine Hand an die Stirn und wankte.

Er verwandelte sich, fing sie in den Armen auf. „Tut mir leid wegen der Nase. Ich weiß, dass sie kalt ist."

Sie lachte leise, dann stöhnte sie. „Okay. Was nun?"

Cooper schaute sich rasch um. Er erspähte eine Tasche mit Ausrüstung, die von dem Anhänger gefallen war, und holte sie zurück an ihre Seite. Durch schieres Glück hatte er den Sack gefunden, in dem ihre Schlafsäcke waren, und er schlang den warmen Stoff um sie. „Bleib hier. Ich baue eine einfache Schneehöhle. Ich mache, so schnell ich kann."

Als sie sich nicht dagegen aussprach, trat er zur Seite und verwandelte sich wieder, damit er alle vier Beine und seine vollen Bärenkräfte nutzen konnte, um im Schnee zu graben. Der Wind pfiff vorbei, doch sobald er durch die oberen Schichten brach und einen oder zwei Meter nach unten kam, schuf der harte Schnee neben ihm eine Blockade für den Wind. Die Temperatur war immer noch kalt, aber ohne die Kälte des Windes weniger heftig.

In der Ferne stotterte der Motor des Schlittens, dann wurde er still.

Bis er die Grube tief genug für sie beide ausgehoben hatte und zurück in seine Menschengestalt kam, hatte Amber ein paar mehr ihrer Vorräte zusammengesucht.

Sorge und Kälte schwebten um sie herum. „Ich finde unseren Unterstand nicht."

„Wir kommen schon klar", versprach er, griff nach den Kleidern, die sie für ihn gesucht hatte.

Sie schob seine Hand weg. „Du musst dich verwandeln. Wenn du in deinem Bären bleibst, wirst du uns beide sehr viel wärmer halten."

„Bist du sicher?"

Amber nickte entschieden. „Absolut."

Verwandle dich. Du bist nicht für dieses Wetter gebaut. Ich schon, sagte sein Bär offen. *Mach schnell.*

Der Drang, sich zu verwandeln, war so stark, dass Cooper sich Sorgen machte, dass das keine gute Idee war. Wollte sein Bär übernehmen? Doch die Verwandlung ergab am meisten Sinn, darum führte er sie zurück zu dem einfachen Unterschlupf, half ihr hinab und richtete die Decken, damit sie, sobald er in seiner Bärengestalt war, beide möglichst viel Schutz hatten.

„Und schlitz mich bloß nicht auf wie ein Tauntaun", warnte er sie.

Er war sich nicht sicher, weshalb sie dermaßen laut lachte.

Mit einem verbleibenden Lachen auf den Lippen nahm Amber sein Gesicht und küsste ihn fest, ehe sie sich zurück an die Schneewand lehnte und sich den Schlafsack enger um die Schultern legte. Sie sah bei seiner Verwandlung zu, und sobald er sich behutsam niedergelassen hatte, kroch sie zu ihm.

Sie zitterte fest, ihr Gesicht war verkniffen. Es brach ihm das Herz, dass sie so viel Angst hatte, aber trotzdem willens war, sich ihren Ängsten zu stellen.

Was hast du so lange gebraucht, um dich zu verwandeln?, fragte sein Bär. *Selbst mir war draußen kalt*, beschwerte er sich.

Vermutlich war es nichts Gutes, anzusprechen, dass sie

vielleicht ein Problem hatten, beschloss Cooper. Wenn es darauf ankam, würde er in seiner Menschengestalt bleiben, um für immer bei Amber zu sein.

Es war eine schreckliche Entscheidung, sich das vorzustellen, aber seit er Alex' Warnung gehört hatte, hatte Cooper in aller Stille seine Optionen durchdacht.

Doch als die Temperatur um sie herum langsam stieg und Amber sich herumrollte, um an seiner Brust zu liegen, griff sie mit der Hand vor und strich über ihn. Und noch einmal. Es war, als würde sie ihn streicheln, während sie einschlief.

Dieses kleine bisschen Hoffnung in seinem Herzen wurde größer. Vielleicht, nur vielleicht würde sich alles zum Guten wenden, und niemand würde irgendwelche größeren Opfer bringen müssen.

15

Amber erwachte zu einem leisen Summen in den Ohren und der Hitze eines schwülen Sommertages.

Schwaches blaues Licht sickerte von oben herein, und als sie den Kopf drehte, entdeckte sie, dass die Plane, die sie über sich gelegt hatten, ehe sie sich im Sturm zusammengerollt hatten, nun fest vom Schnee verankert war.

Sie hatten es in ihrer kleinen Schneehöhle sicher und gemütlich, und sie lag nicht mehr an Coopers Bär geschmiegt, sondern an seine völlig menschliche Gestalt.

Seine nackte Gestalt.

Seine nackte und *erregte* Gestalt – diese letzte Information wurde ihr in sehr kurzer Zeit deutlich bewusst. Er hatte sie über sich gelegt, und sie blinzelte überrascht, als sie herausfand, dass ihr Rücken auf einer weichen Oberfläche lag, die unter ihrer Hand warm war.

„Wo hast du denn ein Bett gefunden?", fragte sie.

„In der einen Vorratstasche, die ich mit uns in die Grube geworfen habe, war genau, was wir brauchten.

130

Sobald wir ein Dach über dem Kopf hatten und es sich erwärmt hatte, habe ich mich verwandelt und ein wenig organisiert. Du hast fest geschlafen, darum hast du offensichtlich das ganze Hin und Her verpasst." Er strich ihr mit der Hand über die Wange und an der Seite ihres Halses hinab. „Wie fühlst du dich? Tut dir irgendwas weh, weil du vom Schlitten gefallen bist?"

Sie steckte sich langsam, die Hitze seines Körpers glitt um sie wie von einem Heizkörper. „Es zieht hier und da, aber nichts Ernstes. Wie geht es *dir* heute Morgen?"

Seine Augen blitzten, wild und voller Verlangen. „Bin hungrig."

Er ließ seine Hand unter ihren Rücken gleiten und drückte ihren Körper dichter an seinen, brachte ihre Münder zu einem Kuss zusammen. Die Umgebung war anders als alles, was sie bisher erlebt hatte. Das blaue Licht, das auf sie herabschien, war auch bei geschlossenen Augen noch sichtbar, sodass ihre Umgebung zu etwas Überirdischem wurde.

Cooper hielt sie aber geerdet, sein Kuss brachte sie zurück ins Hier und Jetzt. Genau dort, wo sie sein wollte. Seine Berührung war so fürsorglich, so behutsam, und die Liebe, die in ihrem Herzen wuchs, breitete sich sogar noch stärker aus.

Die zwei Jahre, in denen sie ihn bewundert hatte, waren ein Vorspiel für jetzt gewesen. Diese letzten Tage, die sie mit ihm verbracht hatte – mit Cooper *und* seinem Bären – waren das fehlende Puzzlestück gewesen.

Cooper der Mensch war alles, was sie begehrte. Er war klug, sexy und fürsorglich. Cooper der Bär war genauso toll – seine tierische Seite hatte einen fiesen Sinn für Humor und eine sture Entschlossenheit, das Richtige zu tun.

Anfangs hatte es sie genervt, das konnte sie inzwischen

zugeben, dass sein Bär verhindert hatte, dass die Paarbindung zustande kam. Aber seine innere Bestie hatte recht. Amber hatte in ihrem Inneren etwas, das auf ewig abgelenkt war, weil sie wissen musste, was mit Mason und ihren Eltern passiert war.

Es war wichtig, Antworten zu finden. Aber noch wichtiger, die Wahrheit mit Cooper an ihrer Seite herauszufinden ...

Sie rollte zusammen mit ihm herum, ihre Kleider verschwanden auf wunderbare Weise, ehe sie einander Haut an Haut berührten. Cooper knabberte an der empfindlichen Stelle unter ihrem Ohr, sodass sie trotz der Hitze eine Gänsehaut bekam.

Süße Zärtlichkeiten. Berührungen, die sie von innen heraus verbrannten und auf der Oberfläche Verlangen aufflammen ließen.

Und als Cooper seine Hüften zwischen ihre Beine gleiten ließ und sie auf vertrauteste Weise in Einklang brachte, hielt Amber sein Gesicht in den Händen und sah ihm in die Augen. Sah nicht nur den Menschen, und nicht nur dem Bären, sondern die ganze Person. Diesen einzigartigen Shifter, der *ihr* gehörte.

Cooper glitt in sie hinein.

Er hielt inne, dann brachte er sie mit langen, langsamen Bewegungen zum Höhepunkt. Jede Regung war zielgerichtet und intensiv, immer wieder wiederholt, bis er sie beide in eine blendende Leidenschaft getrieben hatte.

Die Tatsache, dass das Dach ihrer Schneehöhle einstürzte, gleich nachdem sie gekommen waren, war irgendwie der perfekte Abschluss. Zumindest sobald sie beide damit fertig waren, vor Überraschung aufzuschreien.

Sie suchten sich ihre Kleider und zogen sich rasch an,

krochen aus der Höhle und hinaus in einen hellen, aber windigen Tag.

Amber verzog das Gesicht, während sie sich umsah. „Was für ein Schlamassel. Ich nehme an, diese Hügel dort sind die Ausrüstung, die ich verloren habe, als ich den Unfall hatte."

Cooper fing bereits an, die Ausrüstung auszugraben. „Es wird eine Weile dauern, sie zusammenzusuchen, aber es sollte schon gehen. Solange der Motorschlitten startet."

Wenn das mal keine letzten Worte waren.

Eine Stunde später waren sie von allem umgeben, was sie finden konnten, Planen flatterten im starken Wind. Amber stieß mit der Zehe das Metallgebilde an, das ihr nun nicht mehr kooperativer Schlitten war. „So viel zu diesem Plan."

„Ich schätze, wir müssen zu Plan B übergehen." Seine Stimme war neckend.

Mitten in der Wildnis gestrandet, mit einem eisigen Wind, der um sie herumwehte, und Amber konnte sich trotzdem nicht erinnern, jemals glücklicher gewesen zu sein. Sie grinste ihn an. „Wie weit weg sind wir denn von dem Ort?"

Cooper schaute auf sein GPS, das er aus dem Schnee hatte ausgraben können. „Ein paar Stunden, wenn das Wetter hält. Der Wind hilft uns tatsächlich, denn er verhindert, dass unsere Ausrüstung wieder eingeschneit wird."

Amber nickte knapp. „Dann müssen wir dorthin."

Er zögerte. „Das ist ein langer Weg zu Fuß. Wie wäre es, wenn ich als erster ..."

Sie machte sich nicht die Mühe, ihn anzufunkeln, sondern schickte ihm nur einen Blick. „Du lässt mich nicht zurück." Außerdem, wenn sie sich recht erinnerte, könnten seine paar Stunden bis zu ihrem Ziel vielleicht keine unmögliche Entfernung für sie sein.

Cooper widersprach nicht. „Du hast recht. Es ist besser, wenn wir zusammenbleiben. Ich hole unsere Rucksäcke."

„Warte, ich habe eine Idee." Sie ging zu dem Schlitten, den sie hinter dem Schneemobil hergezogen hatte, und fing an, sich durch den Inhalt zu wühlen.

„Das Schneemobil ist kaputt", sagte Cooper, „außer, du bist insgeheim auch eine Mechanikerin und kannst es wieder zum Funktionieren bringen wie MacGyver."

„Ich bin ziemlich sicher, dass mir etwas aufgefallen ist, als wir alles auf einen Schlitten verlegt haben ..." Ein Gefühl der Befriedigung raste durch sie hindurch, als sie ein paar Skier und das Stoffbündel herauszog, das auf einer Seite gesteckt hatte. Sie hielt sie triumphierend hoch. „Tada!"

Cooper setzte sich auf die Fersen zurück und nickte langsam. „Langlaufen ist besser als Gehen."

Sie schüttelte den Kopf in seine Richtung. „Das ist zum Snowkiten. Pack einen Rucksack zusammen, und ich trage ihn. Dein Bär kann mit mir laufen."

Freude leuchtete auf seinem Gesicht. In jeder seiner Bewegungen lag Zustimmung, als er herüberkam und sie in eine riesige Umarmung nahm. „Jedes Mal, wenn ich etwas Neues über dich herausfinde, macht es mich noch glücklicher."

Die Worte *ich liebe dich* lagen ihr auf den Lippen, doch sie hielt sie zurück. Sie küsste ihn rasch, dann beeilte sie sich, ihre Ausrüstung anzulegen.

Es war ein paar Jahre her, dass sie dieses Geschirr angelegt hatte, aber sie würde darauf vertrauen, dass das Muskelgedächtnis sich wieder meldete. Cooper nahm sorgsam seine Kleider ab und knotete das Bündel an ihren

Rucksack, ehe er ihr in das Geschirr für den Schirm half. „Mach Pause, wenn du musst", sagte er zu ihr. „Außerdem musst du das GPS im Auge behalten, denn der Bär ist mit Technik nicht so bewandert."

Sie schob sich das Gerät auf das Handgelenk und sah nach, ob sie es lesen konnte, ehe sie ihm grünes Licht gab. „Bleib mir aus dem Weg, wenn ich wirklich in Fahrt bin", warnte sie ihn. „Ich werde eine Weile brauchen, bis ich aufgewärmt bin, aber ich bin mir sicher, das ist irgendwie so, wie wenn man vom Fahrrad fällt."

Cooper kicherte, noch während er sich verwandelte, sein großes Bären-Ich streckte sich faul, ehe er sich richtig schüttelte. Dann hob er den Blick.

Amber wurde von ihrem Rucksack beschwert, war in die Riemen ihres Geschirrs geschnürt. Das war der einzige Grund, weshalb sie nicht herüberhuschte, um Cooper dem Bären eine Umarmung zu geben.

Sie verspürte wirklich keine Angst.

Natürlich gab es keine Garantie, wenn er sich anschlich und ihr seine große, kalte Nase an den Nacken hielt. Niemand sollte damit rechnen, dass man unter solchen Umständen cool blieb.

Sie lächelte ihn aber an. „Auf jeden Fall süß." Er verdrehte die Augen.

Amber lachte, richtete ihre Ski ordentlich aus, und dann nahm sie die zusätzlichen Vorräte ab, mit denen sie den Fallschirmstoff des Drachen auf dem Boden festgehalten hatte.

Eine Windböe fuhr unter den Rand des Stoffes, hob ihn kurz an. Amber zupfte vorsichtig, und die Luftströmung rauschte hinein und füllte das große Rechteck aus. Es neigte sich nach oben, immer höher, während die ganze Kraft des starken Windes die Kontrolle übernahm.

Sie lehnte sich als Gegengewicht zurück und ließ sich über das breite Feld der Tundra vor ihr ziehen.

In den ersten fünf Minuten konzentrierte Amber sich darauf, sich daran zu erinnern, wie das Lenken funktionierte. Wie man die Knie leicht beugte, während sie sich zum größten Effekt mit der kleinsten Anstrengung gegen die Zugkraft des Drachen lehnte.

Als sie schließlich diesen optimalen Punkt erreichte – die Stelle, die dem Fliegen so nahekam, wie sie es sich nur vorstellen konnte – fühlte sie sich behaglich genug, um sich umzuschauen.

Cooper war rechts von ihr, lief über den Schnee, während seine starken Muskeln die Strecke überwanden. Für ein großes Tier bewegte er sich anmutig, ein Raubtier in seinem Heimatrevier.

Sie hätte ihn den ganzen Tag lang beobachten können.

Ihre Ski ratterten auf dem eisüberzogenen Schnee. Der Wind, der sie anschob, war offensichtlich ein ständiger Gast in dieser Landschaft, und sie richtete die Metallränder ihrer Ski aus, um auf die GPS-Koordinaten zu zielen.

Sie waren beinahe eine Stunde unterwegs, ehe sich die Landschaft veränderte. Eine Reihe niedriger Hügel stieg vor ihr auf und fiel wieder, und einen Augenblick lang verschwand Cooper aus ihrem Sichtfeld.

Amber warf einen Blick zurück, um festzustellen, dass er hinter ihr Stellung bezogen hatte und nun auf Verfolgung aus war. Direkt hinter ihr hing Coopers Maul offen, ein begeistertes Grinsen. Sie lachte, drehte sich um, um nachzusehen, wohin sie unterwegs war. Der Fallschirm zog an ihren Armen, sodass sie vor Anstrengung bebte, doch jeder Teil von ihr fühlte sich so lebendig an.

Ein seltsames, tiefes Wummern setzte in ihren Ohren

ein. Sie schaute nach rechts, während sie oben auf einem weiteren Hügel ankamen.

Aus dem Nichts kam ein Helikopter in Sicht. Er wirbelte auf sie zu, neigte sich, um bei hoher Geschwindigkeit den Kurs zu korrigieren.

Amber zog an den Leinen, die ihren Drachen steuerten, um aus der Flugbahn des Helikopters zu bleiben. Es schien merkwürdig, dass es so weit im Norden Touristen geben sollte, aber vielleicht ...

Die Seitentüren glitten auf. Zu ihrem Entsetzen stellte sich jemand in den Eingang, mit einem langen, gefährlich aussehenden Gewehr, das auf Cooper gerichtet war.

16

———

Alles veränderte sich so schnell, dass Cooper kaum die Zeit blieb, zu reagieren.

Einen Augenblick lang hatte er die Zeit seines Lebens, lief unter vollem Einsatz seiner Bärenkraft hinter Amber her. Im nächsten Augenblick war da ein Hubschrauber, und ein Lichtkegel schien herab, der ihm gar nichts Gutes verhieß.

Amber ist in Gefahr.

Er war sich nicht sicher, ob der Gedanke von ihm oder dem Bären kam. Adrenalin rauschte in ihn hinein, und der Instinkt, sie zu beschützen, war sein Ein und Alles. Cooper raste auf Amber zu, versuchte zwischen sie und das schnell näherkommende Fluggerät zu gelangen.

Er rechnete nicht damit, dass sie den Notausstieg an ihrem Drachen benutzte, sodass sie auf ihren Skiern abrupt stehen blieb, während der Fallschirmstoff in die Ferne flatterte wie ein verlorener Ballon auf einem Jahrmarkt.

Amber kam auf dem Boden auf, bearbeitete ihre Füße, als würden sie brennen. Er verringerte weiterhin den

Abstand zwischen ihnen, seine Aufmerksamkeit ging hin und her zwischen dem Hubschrauber und ihr. Er wollte die Eindringlinge anknurren. Er wollte sie auseinandernehmen und Ambers Sicherheit wahren, doch ehe er etwas tun konnte, wie etwa vor sie laufen und die Klauen heben, schoss sie hoch und raste über den Schnee auf ihn zu.

Sie warf die Arme um seinen pelzigen Nacken, und als ihr Schwung abebbte, war sie auf seinem Rücken gelandet, als wäre er ihr persönliches Pony. Sie packte seine Schultern und machte sich breit, bedeckte so viel von seinem Rücken, wie es ihr kleiner Körper hinbekam.

„Tut es nicht", rief Amber. „Tut meinem Bären nichts an."

Was?

Was hat sie gesagt?, fragte Coopers Bär entsetzt.

Bin beschäftigt.

Der Hubschrauber war in sicherem Abstand gelandet, aber dicht genug, dass Cooper sich um Amber schmiegen wollte, um sie zu beschützen, aber sie zwang seinen Kopf nach unten und deckte seine Augen mit der Hand, um *ihn* vor den Eiskristallen zu schützen, die der Wind der Rotoren herantrieb.

Als der Lärm langsam nachließ, richtete Amber sich neu aus, und Cooper schaute unter einer Pfote hervor, um ein Paar in dunkelgrünen Uniformen zu entdecken, das sich ihnen vorsichtig näherte.

Mit Betäubungswaffen im Anschlag.

Oh, Scheiße.

Cooper bewegte sich nicht. Er hatte damit schon einmal zu tun gehabt, und es war kein großer Spaß.

„Nicht schießen. Wagen Sie es nicht, zu schießen", rief Amber, die mit den Armen wedelte, noch während sie sich weiterhin an ihn drückte. „Das ist mein Bär, also wagen Sie es nicht, auf ihn zu schießen."

Die Spitzen der Waffen senkten sich etwas, weg von Amber, aber womöglich immer noch auf Coopers Hinterseite gerichtet.

„Ma'am?" Einer der Ranger. Der Mann hatte Panik im Blick und wirkte mehr als nur unsicher, im Gegensatz zu seinem weiblichen Gegenpart.

„Richten Sie diese Waffen jetzt irgendwo anders hin", befahl Amber. „Das ist mein Bär, und ich will nicht, dass Sie ihn verletzen."

Die Ranger wechselten Blicke, ehe die Frau sich wieder an Amber wandte. „Sind Sie sicher?"

„Natürlich bin ich sicher. Das ist mein süßer Weihnachtsbär. Sie haben uns überrascht. Wir waren hier nur gerade beim Sport draußen."

Etwas Wunderbares glitt Coopers Rückgrat entlang, und er grollte unabsichtlich vor Glück. Amber hatte die Fingernägel in die juckende Stelle hinter den Ohren gegraben, und wenn sie noch viel länger weitermachte, würde er sich auf den Rücken rollen und ihr den Bauch zuwenden, weil es sich so verdammt gut anfühlte.

Die Ranger verzogen beide das Gesicht, doch die Frau nickte, ehe sie sich an ihren Partner wandte. „Geh zurück zum Hubschrauber und mach ihn bereit. Ich bin gleich da."

„Ja, Caitlin." Er marschierte weg, die Waffe immer noch so in der Hand, dass er sie jeden Augenblick heben konnte, wenn es nötig war, während er immer wieder einen Blick über die Schulter warf, um sicherzugehen, dass ihn niemand von hinten ansprang.

Caitlin verschränkte die Arme vor ihrer uninformierten Brust und funkelte Cooper und Amber an, während sie sich aufrichtete. „Süßer Weihnachtsbär? Du meine Güte.

Ich bin überrascht, dass mein Partner darauf reingefallen ist."

Amber zögerte einen Augenblick, ehe sie mit den Schultern zuckte. „Er wird mich nicht verletzen, und darauf kommt es letztlich an."

„Dann nehme ich Sie beim Wort." Der Ranger beäugte Amber. „Ein Eisbären-Shifter und ein Mensch, hier draußen? Ihr seid unterwegs zur Bathurst-Inlet-Siedlung, oder?"

Man hatte sie enttarnt.

„Woher wissen Sie das?", fragte Amber.

„Es ist der einzige Ort in der Umgebung, und trotz Ihrer Behauptung, dass Sie hier draußen spazieren gehen, weiß ich, dass sie nicht einheimisch sind. Außerdem glaube ich, dass ich weiß, weshalb Die gekommen sind." Caitlin neigte den Kopf zum Hubschrauber. „Ich muss zurück. Mein Partner ist ein Mensch, darum erwähne ich keine Shifter-Angelegenheiten vor ihm. Die Siedlung ist gleich hinter dem Hügel."

Sie beäugte erneut Cooper.

Er blieb ganz ruhig, die Instinkte des Raubtiers warnten ihn, dass das kein Moment war, um übereilt zu handeln.

Amber trat einen halben Schritt vor, fühlte sich eindeutig wohl in der Rolle als seine Beschützerin, während sie sich zwischen ihn und Caitlin stellte. „Vielen Dank, dass Sie vernünftig sind."

Caitlin grinste. „Lady, Sie punkten durch reine Dreistigkeit. Eine sichere Reise. Wir sehen uns später."

Sie drehte sich um und ging, die Rotoren des Hubschraubers begannen sich abermals zu drehen.

Amber barg das Gesicht an Coopers Hals, blieb still, bis der Wind nachgelassen hatte und sie abermals allein in der Wildnis waren.

Sie hob den Kopf und zog an seinem Hals. „Na, das war ja mal interessant. Lass mich deine Kleider holen. Es ist vielleicht sicherer für uns beide, wenn wir die Reise auf zwei Füßen beenden."

Cooper hatte keine Einwände. Er verwandelte sich, dann zog er rasch seine Kleider an.

„Danke, dass du so schnell gedacht hast", erklärte ihr Cooper, als sie einmal mehr aufbrachen, dem Signal des GPS folgten. „Ich habe mich nicht darauf gefreut, noch einmal betäubt zu werden."

Amber schnaubte. „Machst du das etwa öfter?"

„Guter Gott, nein." Der Weg war glatt und schwer zu begehen, darum nahm Cooper Ambers Hand in den Handschuhen in seine, während sie vorwärts marschierten, langsam, aber stetig. „Irgendwann früher haben meine Brüder und ich mal Verstecken gespielt. Alex und ich waren ein bisschen zu alt dafür, aber James spielte noch immer gern, darum taten wir ihm den Gefallen. Nur dass Alex abgelenkt wurde und aufbrach, um irgendeiner Geruchsspur zu folgen, und James konnte ihn nicht finden. Dann war ich schlauer, als es mir guttat, und versuchte, meinen Weg zurückzuverfolgen, um James im Auge zu behalten. Mich zu kümmern, dass er in Sicherheit war, das ist alles."

„Natürlich hast du das getan. Er war dein kleiner Bruder", sagte Amber lachend. „Ich nehme an, du warst in Bärengestalt?"

„Natürlich. Ich war so weit hinter ihm, dass mir nicht klar war, dass er allmählich Panik bekam, und er wählte den Notruf, weil er glaubte, er hätte sich verirrt, und wir auch."

Amber legte sich die freie Hand auf den Mund, Gelächter tanzte in ihren Augen.

Cooper seufzte dramatisch. „Als nächstes war da ü dieses beißende Ziepen an meinem Hintern, und dann war es, als hätte man mir fünf Gläser Whiskey durchs Hirn gepustet. Ich wachte im Zoo auf."

„O mein Gott. *Echt?*"

„Während meine Eltern mich durch das Glas anstarrten und die Köpfe schüttelten."

Sie lachte noch immer, während sie über den niedrigen Hügel kamen. Unter ihnen breitete sich ein hübsches kleines Dorf an einem Arm des Polarmeers aus. Ihre Finger spannten sich fest um seine.

Amber holte tief Luft, sah hinauf in seine Augen. „Ich habe dabei ein gutes Gefühl."

Der Geruch in der Luft verriet Cooper, dass immer noch Abenteuer vor ihnen lagen. Noch besorgniserregender war aber, dass dieses elektrische Prickeln wieder da war. Dasjenige, bei dem er sich fühlte, als würde sich seine Haut ablösen und ihm nicht mehr richtig passen.

Wie fühlst du dich, Kumpel?, fragte er seinen inneren Bären.

Das Tier antwortete einen Augenblick lang nicht, und als es das tat, kam die Antwort langsam, als müsse es sich sehr konzentrieren. *Denke nach. Außerdem ist dieses Dorf voller ... Nun, das könnte ungemütlich werden. Nur als Vorwarnung.*

Cooper hatte den möglichen Ärger schon geahnt. Er schenkte der Bestie etwas, das einer brüderlichen Umarmung gleichkam, und wandte seine Aufmerksamkeit wieder zu Amber zurück.

Ihr Blick ging direkt zu ihm. „Ganz gleich, was passiert, ich bin bei dir."

Trotz ihrer positiven Worte stand in ihren Augen Sorge,

doch sie richtete sich auf und marschierte mit ihm den Pfad hinab, der in das Örtchen führte.

Vor ihnen trat ein hochgewachsener junger Mann zwischen zwei Gebäuden heraus, und ein leises Keuchen entfuhr ihr.

Cooper spannte sich an, bereit, sie zu verteidigen, doch Amber rannte mit ausgestreckten Armen vor.

„Mason!"

Der dunkelhäutige Mann lächelte, während er sich nach ihr streckte, sich leicht drehte, um Amber an die Seite seines Körpers zu ziehen und sie mit einem Arm zu halten. „Du bist es wirklich. Oh, Amber, dem Himmel sei es gedankt."

Cooper trat vorsichtig vor, falls sein Bär sich über den Anblick eines anderen Mannes empörte, der sie festhielt.

Nutz doch dein Gehirn, sagte seine Bestie träge. *Das ist offensichtlich ihr Bruder, und wenn man bedenkt, dass er der ganze Grund war, dass wir diese Reise unternommen haben, glaube ich schon, dass ich mal vernünftig sein kann.*

Schockierend, neckte ihn Cooper. Dann hatte er keine Zeit mehr, seinen Bären aufzuziehen, denn es war zu viel anderes los.

Das Geräusch eines Kinderschreis erklang, und Coopers Blick fiel auf das merkwürdig geformte Bündel, das an Masons Brust hing. Der Grund, weshalb er Amber nur seitlich umarmt hatte.

„Oh. *Mason?"* Amber trat zurück und starrte ihren Bruder schockiert an.

Zu diesem Zeitpunkt kam eine dunkelhaarige Frau mit tief gebräunter Haut und blitzenden braunen Augen aus dem nächsten Gebäude, und jeder Alarmton, den Cooper jemals von seiner Shifter-Seite erhalten hatte, meldete sich.

Verdammt.

Cooper senkte sorgsam den Blick und beugte sich vor, sodass sein Kopf fast einen halben Meter tiefer war als gewöhnlich.

Die Frau, die dazu gekommen war, trat vor, holte mit der Faust aus und schlug zu.

17

Amber bewegte sich rasch auf Cooper zu, Schock raste durch sie hindurch, weil sie unerwartet ihren Bruder gefunden hatte, und weil jemand aus dem Nichts heraus ihrem Bären direkt ins Gesicht geschlagen hatte. „Aufhören. Was machen Sie denn da?"

Es war Cooper, der eine Hand in Ambers Richtung hob, während er von der Frau wegtrat, die ihn angegriffen hatte. „Ist in Ordnung. Das ist die übliche Vorgehensweise, wenn sich unsere Spezies auf ihrem Revier begegnen."

Amber kam schlitternd zum Stehen, doch trotzdem bezog sie mehr oder weniger vor ihm Stellung, nur für den Fall.

„Was heißt das?" Sie warf einen Blick auf Mason, der sich wiegte und hüpfte, und die Geräusche, die das Kind von sich gab, gingen von aufgeregt wieder zu friedlich über. „Und Mason. Es ist so schön, dich zu sehen, aber ein *Baby*?"

Die Ureinwohner-Frau, die Cooper ins Gesicht geschlagen hatte und nun an Masons Seite stand, löste die Knoten, sodass sie das Baby aus dem Tragetuch nehmen konnte.

„Unser Baby", sagte sie und legte sich das Kind an die Brust.

Masons dunkle Augen leuchteten vor Liebe, während er einen Arm um die Schultern der Frau legte, womit er auch das Baby umarmte. Sein Blick hob sich zu dem von Amber. „Es ist eine Weile her, und es gibt eine Menge zu erzählen, aber ja. Das ist Marianne, und unser Sohn heißt Bram."

Jahre des Unwissens verflüchtigten sich. Sie hatte Träume und Hoffnungen für ihren Bruder gehabt, und in nur einem Satz schien es, als wären sie alle beantwortet worden. Obwohl es jede Menge Einzelheiten gab, die immer noch fehlten und aufgeholt werden mussten, war es klar, dass Mason an einem Ort war, den er Zuhause nannte.

Diese feste Anspannung in ihr namens *Ich Weiß Nicht Wo Er Ist Aber Hoffe Er Ist Glücklich* löste sich ein wenig, noch während die Gefühle heftig durch sie hindurchwogten. Er war in Sicherheit. Er war am Leben.

Hatte er denn noch nie von einem verdammten Telefon gehört? Oder einer Chat-Nachricht? Oder einer verflixten *Postkarte?*

Marianne hob den Kopf und schaute Amber in die Augen. „Komm in unser Haus. Ich schätze, wir haben eine Menge zu besprechen." Sie verlegte den Blick auf Cooper. „Es tut mir leid."

„Keine Entschuldigung nötig", beharrte Cooper. „Gehen Sie voraus."

Während Mason und Marianne vorausgingen, schmiegte sich Amber an Coopers Seite, um so leise wie möglich zu flüstern. „Was war denn das? Dass sie dich ins Gesicht geschlagen hat?"

Cooper erwiderte das Flüstern: „Das ist ein Dorf voller Robben-Shifter. Es gab im Lauf der Jahre ein paar ‚Unfälle' zwischen den Spezies, und obwohl es Eisbären-Shifter inzwischen besser wissen, gibt es einige Verfehlungen, für die wir uns immer wieder entschuldigen müssen."

Eisbären. Robben-Shifter.

O mein Gott. Amber zählte eins und eins zusammen und kam zu einem schrecklichen Schluss. „Du nimmst mich auf den Arm."

„Nein. Daher bieten wir stets unsere Wange, jederzeit, wenn wir Mitglieder der Robben-Nation treffen."

Das ergab jetzt alles einen Sinn.

Sie schoben sich durch die Tür in ein gemütliches Haus, in das Mason und Marianne sie führten. Emsige Betriebsamkeit folgte, während andere Mitglieder der Gemeinschaft hereinliefen, um nach der Ausrüstung zu fragen, die auf der Ebene über dem Tal zurückgelassen worden war. Einige von ihnen fuhren in ihren Schneemobilen los, um alles abzuholen.

Zum Glück gab es bei diesen Besprechungen keine weiteren Mitglieder des Robben-Clans, die Cooper ins Gesicht schlugen. Es schien, als wäre einmal pro Besuch ausreichend.

Nach raschen, erfrischenden Duschen saßen sie am Ende um den Küchentisch, warme Suppe und Brötchen waren nach der langen Reise höchst willkommen.

Amber und Cooper saßen Seite an Seite. Er hatte ihr eine Hand auf den Oberschenkel gelegt, und ihre Finger waren ineinander verschränkt.

Sie strich ihm über die Handflächen, noch während sie sich zu Mason wandte. So sehr sie ihren Bruder auch liebte und dankbar war, ihn zu sehen, es war schier unmöglich, den Ärger aus ihrer Stimme fernzuhalten. „Ich habe dir über zwei Jahre lang nachgespürt. Ich hätte es zu schätzen gewusst, wenn du dich mal gemeldet hättest oder mich hättest wissen lassen, dass du am Leben bist."

Mason blinzelte überrascht. „Ich habe dir doch Updates geschickt. Naja, am Anfang mehr als in letzter Zeit, ich habe geschrieben, weil der Empfang immer schlecht war. Du hast nie geantwortet, aber ich habe mir gedacht, du wärst beschäftigt, und ich wusste, dass es dir gut geht." Er warf einen Blick auf Marianne, die Suppe in Brams offenen Mund löffelte, als wäre er ein kleines Vögelchen. „Ich wollte anrufen, doch dann bin ich hier gelandet, und die Dinge wurden kompliziert."

„Indem du herausgefunden hast, dass du Vater werden würdest?"

Sein Lachen war leise, sein Blick auf Marianne zärtlich. „Dieser Teil kam etwas später. Erst einmal, als ich entdeckte, dass es Shifter gibt. Und dann vom Schicksal bestimmte Partner. Das war alles ziemlich kompliziert und nichts, was ich in einem Brief erklären konnte, darum habe ich es gar nicht versucht."

Das ergab schon Sinn. Tatsächlich hatte Amber vor allem herausgefunden, dass es Shifter gab, weil sie knietief bei Borealis Gems involviert war. „Ich habe niemals Nachrichten von dir erhalten."

Er wirkte entsetzt. „Das tut mir so leid. Ich hätte es energischer versuchen sollen, aber ich dachte – ich weiß nicht, was ich mir dabei dachte."

Verschwendete Zeit und verschwendete Jahre, aber jetzt waren sie hier, und darauf musste Amber sich konzentrieren. Auf all das Gute, das nun möglich war, weil das Rätsel gelöst war. Auf die Tatsache, dass sie niemals mehr mitten in der Nacht aufwachen würde, mit hämmerndem Herzen, und sich das Schlimmste vorstellte.

Sich niemals mehr schuldig zu fühlen, weil sie wieder

einschlief, nachdem das unerklärliche Gefühl, dass alles in Ordnung war, sich eingestellt hatte.

„Wie es sich erwiesen hat, hättest du es mir einfach erzählen können, und ich hätte es verstanden, aber es gab ja keine Möglichkeit, dass du das wissen konntest."

Ihr Bruder drückte ihre Finger, ehe er sich dichter heranbeugte, während er Cooper misstrauisch beäugte. „Ich nehme an, der gehört zu dir?"

Cooper starrte Bram an, öffnete und schloss den Mund zur gleichen Zeit wie der kleine Junge. Amber war sich nicht sicher, ob Cooper sich auch nur bewusst war, dass er das tat.

Ihr Herz hämmerte einmal fest. „Er ist mein Partner", sagte sie einfach. „Wir lösen noch ein paar letzte Probleme, bevor es offiziell ist, aber ja. Er gehört zu mir."

Mason lehnte sich in seinem Stuhl zurück und verschränkte die Arme vor der Brust. „Hmm. Obwohl das ein paar Komplikationen verursacht, wenn es zu Familientreffen kommt."

Das musste man erst mal verdauen.

„Es wird interessant, aber wir kriegen das schon hin", versicherte ihm Amber. Sie zögerte. „Mom und Dad? Was hast du gefunden?"

Sein Lächeln wurde breiter. „Hier gibt es gute und schlechte Neuigkeiten. Ich habe sie gefunden – das wirst du nicht glauben."

„Leg los", sagte Amber trocken. „Dieser Tage kann ich eine Menge glauben."

Er schnaubte. „Ja, ich schätze schon. Sie haben den Flugzeugabsturz überlebt, aber sie erholen sich noch immer. Sie sind beide Shifter, weshalb die normalen Suchmannschaften sie nicht gefunden haben."

Wow. Unglaublich stimmte schon, doch es ergab einen perfekten Sinn.

Amber war leicht betäubt von einer riesigen Enthüllung nach der anderen, aber sie schaffte es, zu sprechen, als wären sie nur auf einem normalen, alltäglichen Besuch. „Was für Shifter, und wo sind sie?"

„Vielfraße. Sie leben in einer Gruppe von Shiftern in einer abgelegenen Gegend von Yukon. Northern Lights Retreat oder irgend so was. Wenn du magst, können wir mal mit ihnen Facetimen." Er verzog das Gesicht. „Dad verwandelt sich immer noch manchmal spontan, darum haben sie keinen Kontakt zu dir aufgenommen. Mom dachte, wenn du wüsstest, dass sie noch leben, würdest du darauf beharren, sie zu sehen, und das war wirklich nicht möglich. Jetzt, da du alles über Shifter weißt, bin ich sicher, es kommt in Ordnung."

Es war ein Wunder in einem Wunder. „Ich will einfach nur wissen, dass es ihnen gut geht. Und ich bin so froh, dass ich dich schließlich gefunden habe." Sie holte tief Luft rund um den Kloß in ihrem Hals. „Ich habe dich vermisst."

Seine Augen funkelten. „Ich habe dich auch vermisst. Es ist gut, zu wissen, dass du zurück in meinem Leben bist."

Amber warf einen Blick hinüber auf Marianne, beäugte die Frau, die wohl die Einführung ihres Bruders in die Welt der Shifter und der magischen Möglichkeiten jenseits des Reichs der Menschen gewesen war. „Sie ist hübsch."

„Sie ist perfekt", sagte Mason, in seinem Tonfall lag Bewunderung. „Sie macht mir die Hölle heiß, wenn ich unvernünftig bin, und sie bringt mich zum Lachen, und wir passen einfach zusammen. Und nun, da wir Bram haben, kann ich mir nicht vorstellen, nicht bei ihnen zu sein."

Was ziemlich genau das war, was sie für Cooper

empfand, und für den Rest seiner Familie und ihre Freunde in Yellowknife.

Wenn sie ihren Bruder und sein gemütliches Heim mit seiner neuen Familie betrachtete, hatte sie das Gefühl, als wäre ihre Suche abgeschlossen. Er war zufrieden, und darüber hinaus brauchte er sie nicht mehr, nur noch manchmal als seine Schwester. Nicht auf die Art, wie sie einander gebraucht hatten, als sie aufgewachsen waren.

Sie schüttelte ihm die Hand. „Ich bin froh, dass du dein Zuhause gefunden hast. Dass du die Leute gefunden hast, die du brauchst."

Mason erwiderte den Druck auf ihren Fingern. „Ich habe mein Herz gefunden."

Bram war alt genug, um ein wenig auf dem kleinen Stuhl zu sitzen, der am Tisch angebracht war, und nun, da er so viel zu essen gehabt hatte, dass er nicht mehr am Verhungern war, schien er von Coopers Fingern fasziniert.

Cooper und Marianne hatten sich leise übers Angeln und andere Themen für Shifter unterhalten, während sie Bram gefüttert hatte. Cooper hielt seinen freien Arm in die Reichweite von Ambers Neffen, und wackelte jedes Mal leicht mit den Fingern, wenn Bram nach ihnen griff, was dem Jungen Lachanfälle bescherte.

Ambers Herz verwandelte sich beim Anblick ihres großen Bären und des kleinen Babys in Brei.

Marianne war allmählich auch weniger steif und sie drehte sich um und schenkte Amber ein echtes Lächeln. „Wir haben hier nicht viel Platz, aber die Hütte meiner Eltern steht euch zur Verfügung. Sie sind nach Süden gegangen, um meine Schwestern zu besuchen. Morgen ist Heiligabend, und ich hoffe, ihr bleibt und feiert mit uns."

Amber hatte im Lauf der letzten Woche völlig das Zeitgefühl verloren. „Ich hatte keine Ahnung, dass wir schon bei den Feiertagen sind. Wenn es euch nichts ausmacht, würden wir gerne bleiben."

„Ihr gehört zur Familie", sagte Marianne. „Es wird niemals ein Problem sein, wenn ihr zu Besuch kommt."

Cooper saß reglos da. Bram hatte seine Finger im Todesgriff um Coopers Daumen gelegt, und es sah aus, als wäre ihr großer Eisbär damit zufrieden, dazusitzen, bis er freigelassen wurde.

Amber ließ einen Arm um Cooper gleiten und drückte fest, als sie für sie beide antwortete. „Dann würden wir uns freuen. Vielen Dank."

Sie blieben noch länger, dazu gehörte auch ein Videoanruf bei Ambers Eltern, der sie ein wenig zum Weinen brachte. Sie klammerte sich an Coopers Hand, noch während sie sich die Tränen abwischte. Sie lachten zusammen über die geteilten Erinnerungen, und als ihr Vater unabsichtlich ein paarmal zwischen Pelz und Mensch wechselte, zuckte niemand mit der Wimper.

Nach dem Essen bekamen sie eine Führung durch den Ort, dann geleitete man sie zu der Hütte, die ihnen versprochen worden war.

Mason lud sie ein, zurück zu ihm nach Hause zu kommen, nachdem sie sich eingerichtet hatten, doch Amber schüttelte den Kopf. Sie wollte ihn und seine Familie besuchen, aber nicht jetzt.

Es war bereits spät, und jemand anderes im Raum brauchte ihre Aufmerksamkeit.

„Ich bin froh, dass wir euch gefunden haben, Mason. Ich bin sogar noch glücklicher zu sehen, wie sehr das deine Heimat ist. Aber können wir uns morgen auf den neuesten Stand bringen? Es war ein langer Tag nach vielen langen Tagen."

„Natürlich." Mason drückte sie fest in einer jener

Umarmungen, an die sie sich so gut aus ihren Kindheitstagen erinnerte. Eine Umarmung, die sagte, dass sie ihm wichtig war. „Wir werden an vielen weiteren Tagen Zeit miteinander verbringen."

Sie schloss die Tür hinter ihm und drehte sich um, um sich ihrem großen Eisbären zu widmen. Nach dem Ansturm aller möglichen Gefühle – der Freude und des Schocks und der Verwunderung, Mason und ihre Eltern gefunden zu haben – war sie sich die ganze Zeit über Coopers völlig bewusst gewesen.

Nun, als sie durch den einfachen Innenraum zu ihm ging, trug sie so viel Liebe in ihrem Inneren, die herausbrechen wollte. Sie hielt sich jedoch zurück, spürte, dass er etwas brauchte.

„Was ist los?", fragte sie.

Er führte sie zum Sofa und setzte sich hin, ihre Hände verbunden, ein Stirnrunzeln machte sich zwischen seinen Augenbrauen breit. „Ich bin mir nicht sicher ..."

Cooper schüttelte den Kopf, als wolle er Fliegen vertreiben, dann glitt er mit größer werdenden Augen zur Seite und zog sich das Hemd über den Kopf.

Okay. Sie hatte sich irgendwie gedacht, dass sie erst noch reden würden, aber ...

Cooper grinste, noch während er sich die Hose auszog und sich ganz nackt machte. „Das ist auf jeden Fall ein erstes Mal, aber mir wurde befohlen, mich zu verwandeln. Ich bin mir nicht sicher, weshalb, aber dieses Mal glaube ich nicht, dass ich darüber eine Diskussion anfangen sollte."

Amber wollte nach einer weiteren Erklärung fragen, aber sie würde keine bekommen, denn Cooper verwandelte sich bereits. Der Mensch verschwand, und der Bär traf ein, saß auf den Pflastersteinen in dem kleinen Wohnraum, der kaum groß genug war, dass er sich darin umdrehen konnte.

Als er nach vorne trottete und das Kinn auf ihr Knie legte, gab Amber nach und strich mit den Fingern durch seinen Pelz, streichelte ihn. „Danke für alles, was du getan hast, um mich hierher zu bringen."

Es war schon gut, dass sie saß, denn als nächstes hörte sie eindeutig Coopers Stimme. Nur dass es nicht ganz Cooper war, und dass sie sie nicht mit den Ohren hörte.

Die Stimme erklang in ihrem Kopf.

„*Du hast so viel getan, um diese Reise zu einem Erfolg zu machen. Du bist gut für Cooper, und ich sehe jetzt, dass du auch für mich gut sein wirst.*"

Amber stieß aufgeregt Luft aus und versuchte zu antworten. „*Cooper?*"

„*Ja ... und nein. Ich glaube nicht, dass er dich hören kann, denn er redet gerade nicht mit dir. Ich tue das.*"

Cooper hatte einmal gesagt, dass sie kompliziert war, die Beziehung zwischen ihm und seinem Bären. Mann, er hatte nicht gescherzt. „*Okay. Also, wenn ich schon die Gelegenheit habe, weißt du, dass ich dich für großartig halte?*"

Der Bär wedelte sanft mit der Pfote, als würde er einen Schmetterling verjagen. „*Du kannst wirklich Süßholz raspeln, aber irgendwie gefällt mir das. Du kannst mir jederzeit nette Dinge erzählen. Und mich hinter den Ohren zu kraulen, ist auch äußerst begrüßenswert.*"

„*Das werde ich mir merken.*" Erheiterung und Aufregung brodelten zusammen in Ambers Magen, und sie wollte gern mit Cooper darüber reden, aber sie wollte auch nicht, dass diese Erfahrung ein Ende hatte. „*Bedeutet das, dass Cooper und ich jetzt Partner sind? Ich meine, es ist wirklich kompliziert, über dich und Cooper zu reden, als wärt ihr zwei unterschiedliche Personen, aber ist es für dich in Ordnung, dass ich in deinem Leben bin?*"

Auf ihrem Schoß neigte sich der Kopf des Bären. *„Erst muss ich mich allerdings entschuldigen."*

Amber wartete, denn ganz offensichtlich würde noch mehr kommen.

Sie hätte geschworen, dass der Bär schwer schluckte, ehe er fortfuhr. *„Ich habe Cooper gesagt, es würde keine Paarung geben, bevor du Platz für mich machen würdest. Das war falsch. Ich dachte, die Suche nach deinem Bruder würde heißen, dass du in dir keinen Platz hättest. Aber ich habe gehört, wie du mit Mason redest. Ich spüre, wie sehr du dich um ihn sorgst, und um deine Eltern, aber als erstes greifst du immer nach Cooper. Nach mir. Und deinen Freundinnen. Jetzt verstehe ich, dass du dich um mehr Leute kümmern kannst, ohne die Liebe aufzuteilen. Liebe gibt es nicht in einer endlichen Menge, es ist etwas, das wächst. Das sich ausdehnt, um den Platz aufzufüllen."*

Es war ein schwieriges Konzept, und doch das einfachste der Welt.

Vielleicht, nur vielleicht, war es auch der Grund, weshalb sie niemals die Hoffnung aufgegeben hatte. Sich niemals wirklich verlassen oder allein gefühlt hatte. An allen Tagen ihrer Reise *hatte* sie Liebe um sich gehabt. Hoffnung und Liebe und Optimismus waren für sie so natürlich wie das Atmen, oder …

So natürlich wie das Verwandeln für einen gewissen Bären, dem ihr Herz gehörte.

„Ich kann meinen Bruder lieben, und meine Freundin Kaylee, und Coopers ganze Familie, und meine neue Schwägerin und meinen Neffen, und ich werde immer noch Platz haben, um Cooper und dich zu lieben, seinen inneren Bären, mit allem, was ich habe. Denn Liebe wächst wirklich."

„*Das ist etwas Gutes*", setzte sie Coopers Bär in Kenntnis.

Ihre Augen wurden feucht. Glückstränen. „*Es ist etwas sehr Gutes.*"

„*Ich sage Cooper, er kann sich zurückverwandeln, und dann könnt ihr Spaß haben. Aber denk ans Ohrenkraulen. Und die Komplimente. Ich werde dich erinnern, falls du es vergisst.*"

Sie lachte, während die Unterhaltung ein Ende fand und Cooper sich zurück in einen nackten Mann verwandelte, der nun zwischen ihren Schenkeln kniete.

Er hatte ein leicht verwirrtes Gesicht auf. „Das war ein ziemlich bizarres Gefühl."

Amber nahm sein Gesicht in die Hand. „Hast du uns gehört?"

Cooper schüttelte den Kopf. „Nur dieses Geräusch, das man in den Peanuts-Filmen hört, wenn die Erwachsenen reden. Bla, bla, bla."

Interessant. Amber tat ihr Bestes und versuchte, mit ihm auf die Art zu reden, wie sie mit seinem Bären gesprochen hatte. „*Kannst du das hören?*"

„*Ich schon, er nicht.*"

Cooper blinzelte fest. „Du hast es gerade schon wieder gemacht. Was ist los?"

Amber dachte darüber nach, dann antwortete sie langsam. „Es scheint, als könne ich mit deinem Bären reden, und er kann mit mir reden, und obwohl das alles recht faszinierend ist, glaube ich, das Wichtigste daran ist, dass ich dir sage, dass er sich nicht länger gegen unsere Partnerschaft stellt."

Freude erhellte sein Gesicht. „Das ist toll." Er hielt inne. „Warum sind wir nicht gepaart?"

18

Eine richtiggehende Abreibung aus Emotionen war erst Coopers eine Seite hinaufgewogt, dann die andere hinab.

Sein Bär hatte noch niemals auf diese Art das Sagen übernommen, aber es war auf jeden Fall ein Befehl gewesen, als er ihm aufgetragen hatte, er solle sich verwandeln. Einen Augenblick lang war er besorgt gewesen – wegen Alex' Warnungen und alldem –, dann hatte sein Bär ein unerwartetes *Bitte* angefügt.

Der Befehl war nicht die Rebellion des Bären, sondern eine nette und von Herzen kommende Bitte, und plötzlich war das letzte, worum Cooper sich Sorgen gemacht hatte, die Frage gewesen, ob sein innerer Bär ihn hintergehen wollte.

Offensichtlich war zwischen Amber und seinem Bären etwas vorgegangen, das weit über das Normale hinausging.

Aber nun saß Amber da, nachdem sie ihm die besten Neuigkeiten überbracht hatte, die er seit langer Zeit gehört hatte, offensichtlich unbehelligt von der Tatsache, dass nichts Großes und Wildes passiert war.

Stattdessen zuckte sie mit den Schultern. „Ich weiß nicht, warum sich nichts verändert zu haben scheint. Zeitverzögerung? Was soll denn passieren, wenn wir offiziell Partner sind?"

„Ich dachte mehr an dieses ganze wilde Zeug, das mit Kaylee und James im frühen Sommer vorgefallen ist. Du weißt schon, der Tornado auf der Bühne, so was."

Amber wirkte nachdenklich. „Aber Lara hat mir erzählt, dass es bei ihr und Alex erst dazu kam, als er sie gebissen hat, auf diese Art, wie es Wölfe machen, und sich dann alles für sie neu geordnet hat."

„Das hat Alex mir auch erzählt." Das wurde einfach immer verwirrender. „Moment mal. Lass mich etwas nachprüfen."

Bist du da?

Ich weiß nicht, wo genau du dachtest, dass ich hingehen könnte, aber ja.

Heute war wohl jeder ein Scherzkeks. *Also ist es für dich in Ordnung, dass Amber und ich Partner sind?*

Bin mir ziemlich sicher, dass ich ihr das gesagt habe. Du solltest ihr ein bisschen besser zuhören, wenn man bedenkt, dass ihr von jetzt bis in alle Ewigkeit miteinander rumhängen werdet.

Du bist heute Abend aber besonders bissig. Wie wäre es mit konstruktiven Vorschlägen, weshalb nichts Shiftermäßiges vorgefallen ist, da du keine Einwände mehr hast?

Diesmal kamen eine kurze Pause und ein inneres Schulterzucken zurück. *Muss was mit menschlichen Traditionen zu tun haben. Da kann ich euch nicht helfen. Wenn du allerdings was Wichtiges vor Amber erwähnen willst?*

Ja?

Sag ihr, dass ich besonders gern Komplimente mag, die meine sportliche Ader betreffen.

Der Drang, seinem Bären zu sagen, er solle nicht mit seiner Frau flirten, war viel zu seltsam, und Cooper legte ihn unter *Krasser Scheiß Der Shiftern Passiert Die Sich Mit Menschen Paaren* zu den Akten.

Er schaute Amber in die Augen. „Das Einzige, was er vorschlägt, ist, irgendeine menschliche Tradition durchzuziehen." Plötzlicher Schrecken erfasste ihn. „Sag mir bloß nicht, dass du eine große Hochzeit möchtest. Ich meine, sag es mir, wenn du eine große Hochzeit möchtest, aber ..."

Panik war kein Gefühl, mit dem er vertraut war, aber sie war leicht erkennbar. Anspannung zog durch seine Eingeweide, und helle Lichter blitzten hinter seinen Augen, als wäre er nur einen Schritt davon entfernt, umzukippen.

Beruhige dich, sagte sein Bär mit einem Lachen. *Wenn sie so eine große Hochzeit haben will, überleben wir das schon.*

Solche Dinge brauchen Zeit, warnte Cooper. *Ich wäre lieber früher als später auf Dauer verbunden. Das ist alles.*

Klar. Ich glaube dir. Der Tonfall seiner inneren Bestie war neckend. Äußerst neckend. *Mr. Wir Sollten Auf Den Angemessenen Zeitpunkt Warten.*

Wieder kam dieses statische Summen in seinem Kopf, und Ambers Augen wurden groß. Plauderte sein Bär mit ihr?

Ich wünschte, du würdest eine Möglichkeit finden, mich einzuweihen, beschwerte sich Cooper.

Bin mit Reden beschäftigt. Unterbrich nicht die Erwachsenen.

Cooper ereiferte sich.

Amber schnaubte fest, dann wurde sie rot. „Er ist ziemlich beredt, oder? Dein innerer Bär."

„Er ist absolut furchtbar", grollte Cooper, ehe ihm klar wurde, dass er vor ihr auf den Knien war, und vielleicht war das Teil dessen, was er tun konnte, um ihre persönliche Paarbindung auszulösen. „Amber?"

Sie lächelte freundlich. „Ja?"

Er ließ seine Hände unter ihre gleiten, um ihre Handgelenke zu einem kurzen Kuss an seine Lippen heben. Er schaute ihr in die Augen und ließ jedes bisschen Liebe, das er verspürte, herausleuchten.

Ein weiterer Atemzug, und es war an der Zeit. „Willst du meine Partnerin sein?"

Sie blinzelte fest, ihre Miene hellte sich auf, als ihr rasch die Erkenntnis kam. Ihr Lächeln wurde weicher, ihre Augen wurden feucht. „Ja."

Sie warteten.

Wie Skulpturen. Keiner von ihnen atmete oder schaute weg ...

Die Wände der Hütte knarzten wegen der heftigen Kälte draußen, und ein Holzscheit knisterte am Kamin. Sonst nichts.

Offensichtlich würde nichts Magisches in den Raum rauschen und um sie herum wirbeln.

Amber zog die Nase kraus, auf eine höchst niedliche Art. „Okay, das war es also nicht."

„Ich schätze nicht." Er zog sie an sich und schlang die Arme um sie, wiegte sie dicht an sich. „Ich bin trotzdem froh, dass du mit Ja geantwortet hast. Und du hast recht. Wir kriegen schon raus, ob es eine Zeitverzögerung oder sonst etwas ist. Wir machen es zusammen."

„Ja, das werden wir." Amber schmiegte ihre Wange an seine, drückte ihn fest. Ein heftiges Knabbern am Ohr ließ einen Schauer über sein Rückgrat hinabgehen, insbesondere, da ein langsames Lecken darauf folgte, ihre Zunge heiß und feucht an seiner Haut. „Es wäre doch eine Schande, zu verschwenden, dass du nackt bist und so. Es gibt ein warmes Feuer, einen weichen Kaminvorleger ...“

Eine wunderbare Frau, die er von oben bis unten genießen konnte. „Mir gefällt, wie du denkst, Amber Myawayan.“

Ihm gefiel auch die Art, wie sie schmeckte, die Art, wie sie küsste, und die Art, wie sie seinen Namen stöhnte, als er sie zum Höhepunkt brachte. Es war ein äußerst unterhaltsamer Abend.

Als sie aufwachten, lag immer noch Dunkelheit über dem Dorf. Cooper schürte das Feuer an, dann kroch er wieder ins Bett, glücklich über die Matratze nach all der Zeit, die sie draußen übernachtet hatten.

Er spielte mit Ambers Haaren, strich mit den Fingern hindurch, während sie ihn verschlafen ansah, ein zufriedener Ausdruck auf dem Gesicht. „Wir werden unsere Möglichkeit überdenken müssen, um nach Hause zu gelangen, aber wir können zu Besuch bleiben, solange du willst.“

„Ich will dich nicht so lange von deiner Familie fernhalten“, erklärte ihm Amber. „Außerdem glaube ich, dass ich oft auf Besuch kommen werde.“

„Das können wir auf jeden Fall in den Plan aufnehmen.“

Sie lachte, dann wurde ihre Miene ernst. „Ich muss dir etwas erzählen.“

Cooper spannte sich an.

Obwohl Amber flach auf der Matratze lag, sah es so aus, als würde sie ihr Rückgrat anspannen. „Als ich beim Paarungsfieber in dein Versteck gekommen bin, habe ich dir erzählt, dass ich verhüte. Das tue ich auch ... oder habe es getan. Es ist irgendwo da draußen in einer Schneewehe. Was heißt, ich hätte früher dran denken sollen. Bevor wir letzte Nacht mit einander geschlafen haben."

Eine interessante Entwicklung.

„Ich mache mir keine allzu großen Sorgen", gab Cooper zu. „Zum einen, weil ich nicht glaube, dass du, wenn du einen Tag vergisst, sofort einen Eisprung bekommst. Aber jetzt habe ich eine Frage an dich, da ich mich an unsere Gespräche während des Paarungsfiebers erinnere, und an einen der Unterschiede zwischen uns." Er streckte sich neben ihr aus, legte ihr den Kopf auf den Arm. „Du bist jung. Wir haben niemals darüber gesprochen, ob du Kinder willst. Oder falls du sie willst, wie lange du warten willst, bevor wir damit anfangen."

Sie hatte plötzlich diesen Ausdruck auf dem Gesicht. Denjenigen, der hieß, dass sie zwar verlegen war, sich diese Gelegenheit aber nicht entgehen lassen würde. „Ich will Kinder, und ich möchte sie gern haben, wann immer es dazu kommt." Sie ließ beinahe die Wimpern vor ihm klimpern. „Dass ich gestern den kleinen Bram gesehen habe, hat mir das klargemacht. Aber es war, als ich dich zusammen mit ihm gesehen habe – du meine Güte, vielleicht bin ich dort an Ort und Stelle schwanger geworden, denn meine Eierstöcke haben womöglich einen Hyperantrieb entwickelt."

Cooper lachte. Das Geräusch löste sich, war unmöglich aufzuhalten. Sie war so ernst, doch auch so niedlich intensiv auf diese Art, die sie an den Tag legte, wenn sie mit ihren Freundinnen sprach, und was er im Inneren spürte, wallte immer höher auf, weitreichender und intensiver. „Dann machen wir uns keine Sorgen um vergessene Pillen, denn mir ist es auch recht, wann immer es passiert."

Dann, weil es angemessen schien, rollte er sie über sich und ermutigte sie, ganz aufzuwachen, so enthusiastisch, wie es ihr gefiel.

Es war beinahe Mittag, bis sie es aus der Hütte schafften und vorsichtig auf den verschneiten Wegen zurück zu Masons Haus gingen.

Vor ihnen war ein Gewimmel aus Stimmen, und Cooper hielt Ambers Hand ganz fest, während er sie zu einem neuen Ziel umlenkte.

Über ihnen summte ein Flugzeug, das über dem Örtchen Kreise drehte, der Grund für die Versammlung war nun klar. Die Leute waren am Rand des Landestreifens zusammengekommen, der im Außenbereich der Ortschaft lag.

Cooper kicherte, als ihm klar wurde, dass Amber vor ihn getreten war, als wolle sie ihn beschützen.

Und er ließ es zu.

Sie warf einen Blick über die Schulter, blinzelte, dann grinste sie.

Das Flugzeug landete und rollte langsam auf die Versammlung zu, und noch während er es erkannte, flammte der Ort in Cooper, der von Liebe zu seiner Familie erfüllt war, erneut auf.

„Ach du meine Güte. *Echt jetzt?*" Amber sprach es einen Augenblick aus, bevor das Flugzeug anhielt und die Seitenklappe aufging. Familie und Freunde strömten heraus, Kaylee und Lara schauten sich neugierig um.

Ein paar Augenblicke später waren die drei Frauen in einer Umarmung verstrickt.

Alex kam etwas langsamer heraus, die Hände voller Taschen. James kam rasch nach ihm. Sie beide ließen ihr Gepäck auf den Boden fallen und hielten die Arme ausgebreitet, damit sie Cooper mit Gesten anfeuern konnten.

Alex zögerte, warf einen Blick zu James, während zwei junge Frauen aus der Menge vortraten.

Die Brüder beugten rasch die Knie und senkten die Köpfe, die gleichzeitig zurückgeworfen wurden, als Fäuste ihre Gesichter trafen.

Einen Augenblick später waren sie alle schon weiter. Die Frau, die Alex geschlagen hatte, klopfte ihm auf den Rücken, ehe sie ihn zu seiner Partnerin schob. Es war Caitlin, die Rangerin von gestern. Die Frau war auch eine Robben-Shifterin, was einiges erklärte.

„Erinnere sie, dass sie mir nicht den Kopf abreißen soll, machst du das, Amber?", fragte Caitlin mit einem Hauch Erheiterung.

Amber hatte Lara zurückgehalten und zeigte ihr rasch einen hochgereckten Daumen.

Ja. Besuche bei Ambers Bruder würden unterhaltsam sein, so viel war sicher.

„Was macht ihr denn hier?", fragte Cooper, während seine Brüder sich rasch mit den Händen übers Kinn fuhren.

„Wir sind natürlich gekommen, um die Feiertage mit euch zu verbringen." James zuckte mit den Schultern. „Hat doch keinen Sinn, einen Piloten in der Familie zu haben, wenn man das nicht ausnutzen kann."

„Als die Nachricht kam, dass ihr angekommen seid und Amber ihren Bruder gefunden hat, waren wir alle ziemlich aufgeregt", sagte Alex. „Opa hat darauf beharrt, dass wir kommen und uns euch anschließen, damit es eine wirkliche Familienfeier werden kann."

Natürlich hatte der Alte darauf beharrt. Dieser sich ständig einmischende, intrigante Mann hatte alles in seiner

Macht Stehende getan, um Cooper mit Amber zusammenzubringen. Er war gerührt.

Ein plötzliches Klappern erscholl hinter ihnen, und die untere Frachtklappe löste sich aus dem Flugzeug. Drei hagere Gestalten fielen unter Rufen und Stöhnen zu Boden.

Lara kniff sich in den Nasenrücken, ehe sie beide Fäuste in die Hüften stemmte und die blinden Passagiere anstarrte. „Echt jetzt, Leute? In welchem Universum habt ihr das denn für eine gute Idee gehalten?"

Sie schossen alle drei hoch, in ihrer Mitte war Dixons vertrautes Gesicht. Er trat vor, während er sich noch Schnee von der Hose wischte. „Wir haben gehört, dass ihr ein kleines Abenteuer habt. Haben gedacht, ihr braucht vielleicht Unterstützung." Er wandte sich an Amber und grinste breit. „Wir bauen dir auf jeden Fall diese Statue. Du bist die Beste. Die Allerbeste."

Nichts bis auf Erheiterung wogte von seiner Bärenseite hoch, worum Cooper dankbar war. Er ignorierte die Wölfe, denn sie waren das Problem von Lara und Alex.

Stattdessen schlug er seinen Brüdern die Hand auf die Schultern. „Ich freue mich, dass ihr hier seid." Er drehte sich dorthin um, wo Mason und Marianne warteten, am Rande der Versammlung, während er sie breit anlächelte. „Es ist Zeit, uns für das Fest bereitzumachen. Gebt uns was zu tun."

19

Auf einer Liste der tollsten Partys ging dieser Tag als einer der besten in Ambers Erinnerungen ein.

Sie hatte nicht nur Cooper an ihrer Seite, sie hatte ihre beste Freundinnen, Lara und Kaylee. Es gab Mason und seine Frau, um Erinnerungen wachzurufen und neue aufzubauen.

Ihr kleines Haus war randvoll, als James und Alex *und* Dixon und seine Freunde hinzukamen.

Der kleine Bram schaute sich mit aufgerissenen Augen um, hob die Hände mit königlicher Würde, während er verlangte, von einem zum anderen zum Umarmen und Kuscheln weitergereicht zu werden. Es erwies sich, dass Dixon Kinder liebte, und schließlich waren es diese beiden – der begeisterte Wolf und das fast schon krabbelnde Baby, die sich zusammen in eine Ecke des Hauses zurückzogen, aus der ständig kindliches Gelächter herausdrang, was alle zum Lächeln brachte, während sie arbeiteten.

„Es war so nett von euch, euer Haus für uns zu öffnen", sagte Amber mitten in einem ruhigeren Augenblick zu Mason.

„Ihr habt Wunder gewirkt, um genug Essen für uns alle zu beschaffen", fügte Cooper an.

„Das war alles Marianne." Mason warf einen Blick auf seine Partnerin, dieser zärtliche Ausdruck in seinen Augen blitzte wieder auf. „Und der Rest des Clans. Ich hoffe, ihr mögt Fisch."

„Ihr müsst ihn nicht mal kochen", zog Amber ihn auf, während sie außer Coopers Reichweite tänzelte.

So war der ganze Tag. Kleine Unterhaltungen, Zeit, die sie mit Freunden verbrachte. Ein süßer Augenblick nach dem Mittagessen, als sie mit Bram kuschelte und ihm die Augen schwer wurden, dann schlief er auf ihr in völligem Vertrauen ein.

Amber regte sich nicht. Starrte nur auf dieses wunderschöne Kind in ihren Armen hinab und ließ köstliche, glückliche Gedanken durch ihren Verstand treiben.

Zwei große Arme schlangen sich um sie, und eine weitere Schicht der Freude machte sich wie der Guss auf einem Kuchen bemerkbar.

„Hey, Cooper."

„Hey, Liebling. Wie läuft dein Urlaub?"

Sie schaute ihm in die Augen. Sie hatten immer noch nicht diese mystische Magie erlebt, die offensichtlich nötig war, damit es zum Paarung-Hokuspokus kam, doch sie war zuversichtlich, dass es passieren würde, wenn es so weit war.

Aber *das* sollte jetzt passieren. Sie nutzte den freien Arm, um Cooper um den Nacken zu fassen, zerrte ihn zu sich, damit er sie küssen konnte.

Das Johlen blieb aus, um das schlafende Baby nicht aufzuwecken.

Zu verschiedenen Zeiten verschwanden Paare und

kehrten dann zurück, nahmen sich Zeit, um sich die Beine zu vertreten oder in ihren Räumlichkeiten ein Nickerchen zu halten. Die Sonne war nur für kurze Zeit zu sehen, und jeder sorgte dafür, hinauszugehen und den kurzen Schein zu genießen, während sie bis knapp über den Horizont aufging.

Der Tag ging dahin, und genauso das Essen, das auf dem Esstisch gestanden hatte, sodass er unter dem Gewicht stöhnte. Bären und Wölfe und Robben aßen alle, bis das üppige Mahl beinahe verschwunden war. Dann lehnten sie sich an ihre Stühle zurück, die Hände auf den Bäuchen, die gerade ein kleines bisschen zu voll waren.

„Ich wünschte, ich hätte dieses letzte Stück Kuchen nicht gegessen", sagte Dixon düster.

Alex nickte dem jungen Mann zu. „Das ist eine Lernerfahrung. Manchmal ist es ein Fehler, es zu übertreiben."

Dixon blinzelte. „Ich habe damit nicht gemeint, dass ich sie nächstes Mal nicht essen würde. Ich bedaure nur, dass dieser Nusskuchen weg ist – dass es letzte Stück war. Jetzt muss ich mir überlegen, was mir das Zweitliebste ist."

Er sprang erstaunlich rasch auf die Beine, wenn man die Menge an Essen bedachte, die er sich einverleibt hatte. Wieder kam Gelächter auf, und es war ... richtig so.

Es war Familie. Amber lehnte sich an Coopers Arm und genoss.

Das Geschirr war aufgestapelt und zur Küche gebracht worden, und nach einem Wirbelwind der Geschäftigkeit war das Haus gereinigt und die Wohnräume waren verwandelt.

Amber war nicht sicher, wessen Augen größer wurden, die von Bram oder die von Dixon.

Aus dem Nichts war ein Geschenkestapel erschienen.

Bunt und mit Bändern und Schleifen, die in den gespiegelten Lichtern der Weihnachtsbäume glitzerten.

Kaylee ließ sich neben Amber nieder. „Opa hat sich sehr gefreut, uns mit der Reise hierher zu überraschen. Dann stell dir mal vor, wie unsere Gesichter wohl ausgesehen haben, als Oma zwei Nikolaus-große Säcke voller Geschenke hervorgezogen hat."

„Wir haben beschlossen, auch alles mitzuschleppen, was wir verpackt hatten", gab Lara zu, die sich fester unter Alex' Arm schmiegte. „Es sieht aus, als hätten wir am Nordpol Halt gemacht, oder?"

„Solange ihr nicht irgendwelche Elfen mit eingeschleppt habt, ist alles gut." Mason griff in den riesigen Stapel, und ohne den Namen zu lesen, warf er das erste Geschenk Amber zu. „Frohe Weihnachten, Schwester."

Das Sofa neigte sich heftig zur Seite, als Cooper sich neben ihr niederließ. Während um sie herum weiter Geschenke ausgehändigt wurden, hielt Amber inne, um die Karte auf ihrem Geschenk zu lesen.

Ich freue mich, neue Erinnerungen mit dir zu schaffen.
Mason

Es war ein Buch voller Zeichnungen. Skizzen, die Mason entlang der Route angefertigt hatte, auf der er auf der Suche nach seinen Eltern gereist war. In den Jahren, die sie getrennt verbracht hatten, hatte sie sich gefragt, was er tat und was er erlebt hatte – jetzt hatte sie eine Aufzeichnung der Orte und der Menschen, die ihm während dieser Zeit etwas bedeutet hatten.

Es sagte etwas, dass bei den neuesten Bildern eine Menge von Marianne dabei waren, und auf den letzten Seiten Bram.

Sie drückte sich das Buch an die Brust und schaute über das Chaos im Zimmer dorthin, wo ihr Bruder bei seiner Familie saß. Er lächelte sie an. Dieses Lächeln reichte bis ganz zu den Augen.

Mit den Lippen formte er *ich liebe dich*, und sie erwiderte es.

Dann wischte sie sich eine Träne ab und versuchte festzustellen, wer genau was bekommen hatte, doch sie fand niemals ganz heraus, weshalb Dixon eine Ente auf dem Kopf trug.

Es gab einige Rätsel, die niemals gelöst werden würden.

Cooper starrte auf etwas in seiner Hand hinab.

„Was hast du bekommen?", fragte Amber.

„Das wirst du allzu bald herausfinden." Er klappte, was immer es was, sorgsam zusammen und schob es sich in die Hemdtasche, ohne es sie sehen zu lassen, was sie für ziemlich gemein hielt. Doch er drückte sie fest und gab ihr einen herrlichen Kuss, und das macht es beinahe wieder wett.

Ein plötzliches Krachen ertönte an der Tür, und alle drehten sich um, um zu entdecken, dass Kaylee und James in das Zimmer spähten. Sie trugen ihre ganze Winterausrüstung, und Kaylees Wangen waren von der Kälte rosig. Sie wirkte auch ein wenig zerrauft, und Amber schätzte, dass sie und James sich wohl hinausgeschlichen hatten, um Unsinn zu treiben.

„Hi, ihr. Der Himmel ist gerade herrlich. Das *müsst* ihr sehen", beharrte Kaylee.

Es gab ein Gerangel, um Winterkleidung zu finden, aber schließlich strömten alle nach draußen und erklommen den kleinen Hügel hinter Masons Haus, um von der Straßenbeleuchtung wegzukommen. Alle sahen sie auf eine Lichtshow hinauf, die größer war als alles, was Amber jemals zuvor gesehen hatte.

Von einer Seite des Horizonts zur anderen tanzten

Bänder aus Grün, Blau, Indigo und Violett über den Himmel und drängten sich und glitten dahin, als würde eine Hand Farbe auf einer riesigen Leinwand verstreichen. Amber schob ihre Finger in die von Cooper und ließ den Blick auf den Himmel gerichtet. Völlige Ehrfurcht machte sie sprachlos.

Zumindest, bis er ihr die Finger drückte, und sie sich umdrehte, um ihn anzuschauen. Die Lichter tanzten weiterhin wie ein Heiligenschein um seinen Kopf, spiegelten sich in seinen Augen und leuchteten in den silbernen Strähnen in seinem Haar.

Jetzt kamen die Worte.

„Ich liebe dich." Amber fasste mit der Hand um sein Gesicht und lehnte sich dagegen. „Das tue ich wirklich", gab sie zu. „Selbst wenn es übereilt scheint, das ist es nicht. Ich habe mich im Lauf der letzten beiden Jahre in dich verliebt, und jetzt ist in mir so viel mehr davon, dass es keinen Ausweg dafür gibt, nur ganz zu dir."

Auf Coopers Gesicht machte sich ein riesiges Grinsen breit. „Du bist so perfekt. Und irgendwie hast du es geschafft, jedes Mal einen Frühstart hinzulegen, wenn ich dich überraschen wollte."

Amber hielt einen Augenblick inne, nicht ganz sicher, was das bedeutete.

Cooper sank auf ein Knie und zog ein Ringetui heraus, das er ihr hinhielt. „Amber Myawayan, ich liebe dich auch. Willst du auf ewig bei mir sein, wie immer sich das gestaltet?"

Ach du meine Güte. Die Lichter waren überall über ihnen, und ein sanftes Schimmern schien in ihre Knochen zu sinken, als würde der Schnee leuchten, und alles, was sie sehen konnte, war die Liebe in seinen Augen. Es stimmte, und es war die Wahrheit, und es war alles, was sie jemals brauchte.

Sie beugte sich dichter zu ihm. „Ich gehöre dir. Du gehörst mir. Und zwar ganz und gar. Jetzt und auf ewig."

Er schob ihr den Ring auf den Finger und zog sie zu sich, küsste sie fest. Besiegelte die Abmachung sozusagen.

Ein schrecklicher, wunderbarer Gedanke kam ihr. Amber schaute sich rasch um. Sie waren ganz am Rande der Versammlung, überall um sie herum Dunkelheit. Die meisten Leute waren zum Haus unterwegs, wo Mason Gartenstühle heranbrachte, damit man die Lichtshow beobachten konnte.

Amber zog Cooper auf die Beine und zerrte ihn in die andere Richtung.

„Was machst du da?", fragte er.

„Das wirst du schon bald herausfinden", sagte sie neckend.

Sobald sie außer Hörweite der Versammlung waren, gab Amber ihm keine Vorwarnung. Sie sprang in seine Arme und packte beide Seiten seiner Jacke, zog in einer langen Bewegung den Reißverschluss auf, dann griff sie nach seinem Gürtel.

Cooper brauchte keine weitere Erklärung.

Es war etwas Gutes, dass er ein Shifter war und daran gewöhnt, hastig seine Kleidung loszuwerden.

Es war sogar noch besser, dass er ein Shifter war und seine Körpertemperatur weit über ihrer als Mensch lag, denn bis sie teilweise ausgezogen war, fragte sie sich schon, ob ihre Idee wirklich so gut gewesen war.

Nur dass er sie in das Nest zog, das er aus den abgelegten Kleidern gebaut hatte. Als sie aus dem Wind waren, während seine breite Brust als Heizelement diente, war es gemütlich warm, während er es ihr mit den Händen auf die bestmögliche Art warm werden ließ.

Cooper knabberte an der Stelle ihres Halses, die sie wahnsinnig machte. „Ich liebe dich so sehr", flüsterte er.

Sie hätte schwören können, dass sie anschwellende Musik über den Himmel fegen hörte, während es zu einem weiteren spektakulären Aufbäumen der tanzenden Lichter kam. Coopers Hände tanzten über ihre Haut, Lichter spiegelten sich überall, und er brachte sie rasch zu einem Punkt, von dem es kein Zurück mehr gab. Er zögerte, dann glitt er hinein.

Wenn überhaupt, wurden die Lichter noch heller. Es gab Explosionen und wirbelnde Feuerwerke, und es gehörte alles zur Natur, und es war alles perfekt.

Cooper bewegte sie gemeinsam, brachte sie weit hinauf und ließ sie fliegen.

Magie stellte sich auf eine Art ein, die Amber noch niemals zuvor erfahren hatte.

Es war nicht nur das körperliche Vergnügen. Es war nicht nur die Liebe in Coopers Augen. Die spektakulären Nordlichter, die über ihren Köpfen tanzten und ihre Körper in schimmerndes Licht tauchten, gehörten dazu, und die Tatsache, dass sie hier waren, sie und Cooper, zwei Einzelpersonen, ein Paar, und doch Teil eines riesigen Ganzen, das man Familie nannte ...

In diesem Augenblick lag eine Magie, und sie wussten es beide.

Cooper fluchte, leise und ehrfürchtig, denn etwas Wunderbares war gerade passiert.

Ambers Herz hämmerte noch vom Sex, doch während sie in Coopers Arm geschmiegt lag, war auch etwas anderes dort. Eine Verbindung, die aus hundert Prozent Glück und Wunder bestand.

Cooper strahlte sie erstaunt an. „Amber? Spürst du das?"

Sie waren eins. Das Gefühl war brandneu und sogar noch intimer als die körperliche Verbindung beim Sex.

„Bedeutet das, dass wir wirklich Partner sind?", fragte sie.

Er drückte ihr einen Kuss auf die Lippen. „Sind wir. Für immer."

<h1 style="text-align:center">20</h1>

Sie blieben bis nach dem zweiten Weihnachtsfeiertag in der Siedlung.

Gleich nach dem Mittagessen versammelten sie sich dann am Flugzeug, zwei getrennte Gesellschaften, die sich vorbereiteten, in unterschiedliche Richtungen aufzubrechen.

Alex und Lara hatten beschlossen, ihre Wölfe und einen Schlitten zu nehmen und die Reise in die Gegenrichtung durchzuführen, um jegliche Vorräte aufzusammeln, die Cooper und Amber auf ihrem Trip nach Norden zurückgelassen hatten. Da sie mit vieren von ihnen in Wolfs- oder Bärengestalt reisten, und einem in Menschengestalt, würden sie sich abwechseln und die Reise in nur ein paar Tagen abschließen können.

Alex grinste Cooper an, als er herüberlief, um sich zu verabschieden. „Lara hat mal eine geradlinige Antwort aus Dixon herausbekommen. Er hat sich diesen Trick als blinder Passagier einfallen lassen, weil ein paar Typen, die er dabei hat, ohne Beaufsichtigung durch die Alpha nicht gut klarkommen. Es war von völlig abgehobenem Unfug die Rede. Lara wird ihnen die Rebellion schon austreiben."

„Das klingt sinnvoll." Cooper runzelte die Stirn. „Aber jetzt bin ich neugierig. Wer hat denn das Sagen, während du und Lara hier sind?"

„Tante Amethyst", sagte Alex lachend. „Sie war hocherfreut, das zu übernehmen. Bis auf ein paar Problemkinder bin ich sicher, dass sie die Zeit ihres Lebens hat, während sie alle herumkommandiert."

Das konnte Cooper sich vorstellen. „Danke, dass ihr unser Zeug aufsammelt."

Sein Bruder musterte ihn behutsam. „Du wirkst gefestigt. Wie ist denn die Lage zwischen dir und Amber?"

„Toll. Es ist nicht genau das, was ich erwartet habe, aber es gibt etwas, das einzigartig für uns ist an dieser Paarbindung."

Alex zögerte. „Und deinem Bären geht es gut?"

Du liebe Zeit. „Ihm ging es noch nie besser. Er zieht mich ständig mit der Tatsache auf, dass er mit Amber reden kann, und ich nicht."

„Das ist so komisch", sagte Alex. „Aber wie du gesagt hast, es scheint für euch beide einfach zu funktionieren."

Cooper nahm Alex in eine feste, brüderliche Umarmung, schlug ihm heftig zwischen die Schulterblätter, ehe er ihn losließ. „Wir treffen euch dann in Yellowknife." Dann nahm er Amber in die Arme und trug sie zum Flugzeug, ihre lachenden Augen seine eindrucksvollste Erinnerung an ihre Heimreise.

Inzwischen war es Silvester, und die ganze Familie hatte sich bei Opa und Oma für eine doppelte Feier versammelt. Sie würden als Familie das neue Jahr einläuten, aber sie stießen auch auf Opas fünfundachtzigsten Geburtstag an.

Giles Borealis saß am Kopfende des Tisches, neben ihm ein Glas Whiskey und ein zufriedenes Lächeln auf dem Gesicht. „Ihr habt mich stolz gemacht, Jungs. Ich hätte mir nie träumen lassen, was für ein Segen es sein würde, diesen Tag zu erleben. Ihr habt diesen alten Mann mehr als nur glücklich gemacht, und ihr verdient jedes bisschen Glück, das zu euch kommt."

Er deutete auf die schmalen Umschläge, die neben jedem ihre Teller lagen, worin, wie Cooper annahm, die Einzelheiten zur neuen Eigentümerschaft von Borealis Gems standen. Er brauchte ihn eigentlich nicht gleich zu öffnen.

Er hatte bereits die größte Belohnung seines Lebens – seine Partnerin.

Alex' Telefon meldete sich, als ein Videoanruf von ihren Eltern hereinkam, und die ganze Familie versammelte sich, um mit Giles junior und Glenda Borealis zu sprechen. Sanfte Neckereien und aufgeregte gute Wünsche gehörten dazu.

Cooper trat zurück und ließ seine Brüder den Großteil des Sprechens übernehmen.

Als dieser Anruf vorbei war, schaute er durch das Zimmer und bemerkte, dass seine Großmutter ihn anerkennend anlächelte.

Er ging zu ihr und drückte ihr einen Kuss auf die Wange. „Ich hab dich lieb, Oma."

„Ich dich auch, mein Lieber."

Alle anderen im Zimmer waren immer noch damit beschäftigt, sich zu unterhalten, und es fühlte sich nach einem guten Moment an, um die Frage zu stellen. „Du hast mir den Ring für Amber geschickt, oder nicht? Ich dachte, ich würde ihn erkennen."

Oma Laureen nickte, ihr sanftes Lächeln leuchtete auf

ihrem Gesicht. „Ich war mir nicht sicher, ob eure Paarbindung genauso verlaufen würde, wie es bei Giles und mir der Fall war, aber es macht einen Unterschied, die Unterstützung der Familie zu haben. Außerdem ist ein Ring ein Stück menschliche Tradition, und ich war mir nicht sicher, ob du dich an dieses kleine Detail erinnern würdest.“

Er hatte niemals auch nur an die Paarbindung seiner Großeltern gedacht, nur dass er gewusst hatte, dass Menschen und Eisbären lange Zeit mit Erfolg zusammen sein konnten. „Oma, ich will nicht unhöflich sein, aber können du und Großvater miteinander reden wie andere gepaarte Shifter?“

Sie wandte sich zum Zimmer, ihr strahlender Blick huschte zu seinem Großvater. Giles lachte zusammen mit Amber, während sie ohne Erfolg versuchte, auf seinem Kuchen etwas auszublasen, dass wohl eine Jux-Kerze war.

Plötzlich schaute Opa Giles auf, wandte seine Aufmerksamkeit seiner Partnerin zu, dann richtete er sein Starren auf Cooper. „Ich weiß gar nicht, weshalb ihr mich niemals gefragt habt“, rief er über die Entfernung hinweg. „Junge Besserwisser.“

Was die Frage beantwortete. Irgendwie.

Oma Laureen hob eine Augenbraue. „Wir haben unsere Art“, sagte sie rätselhaft.

Misstrauen machte sich breit, während er sie abermals beäugte. „Das war keine Antwort.“

„Du bist klug genug, um das rauszukriegen“, sagte sie mit einem Zwinkern. Dann stand sie auf und schloss sich Kaylee und Lara an, die eine Kiste hinter der Couch hervorzogen.

Oh.

Oh.

Könntest du Amber sagen, dass ich meinen Großvater gern hereinlegen würde?, fragte Cooper seinen Bären.

Ich weiß nicht, ob ich dein Lieferdienst sein möchte, neckte ihn sein innerer Bär gutmütig. *Außer dass Amber, wenn ich mit ihr plaudere, nette Dinge zu mir sagt. Also ... okay. Was ist die Nachricht an unser Mädchen?*

Hör auf, mit meiner Partnerin zu flirten, sagte Cooper.

Unsere Partnerin. Wie willst du ihn hereinlegen?

Sag ihr, sie soll ihn fragen, ob er immer noch diese Flasche mit Macallan Estate Whiskey hinter der alten Lexikon-Reihe versteckt. Und falls das so ist, würden die Jungs gern einen Drink nehmen.

Das inzwischen vertraute Summen ging weit hinten in seinem Verstand los. Es war nicht unangenehm. Tatsächlich war es beruhigend zu wissen, dass sein Bär Amber ebenfalls liebte und ihr das Beste wünschte.

Als sein Großvater auf der anderen Seite des Raumes einen Hustanfall bekam, drehte Cooper sich weg, um sein Grinsen zu verbergen.

Amber sagt, er will wissen, wie sie davon gehört hat.

Sie kennt auch den Vorrat mit Räucherlachs im Kühlschrank des Spielezimmers. Er sollte einfach nur den Alkohol rausrücken, oder sie wird auch von der Ghirardelli in der Gefriertruhe erfahren, die Oma einfach lieben würde.

Diesmal kam das Summen zur gleichen Zeit wie die Antwort seines Bären, wodurch Cooper zu der Annahme kam, dass die Bestie herausgebracht hatte, wie sie zu beiden von ihnen gleichzeitig sprach. *Mir gefällt, wenn du verschlagen bist. Außerdem hast du Räucherlachs erwähnt?*

Du bist ein guter Bär. Ich werde dir was davon aufheben, das du heute Abend auf unserem Spaziergang genießen kannst.

Ich mag dich, Kumpel. Wir sind ein gutes Team.

Ein paar Minuten später war Amber neben ihm, ihr Gesicht leuchtete, und ein randvolles Glas Whiskey war in ihrer Hand. „Dein Großvater schickt das mit seinen Grüßen und einer Bitte, dass du mir nicht all seine Geheimnisse verrätst. Er scheint zu glauben, ich erzähle es vielleicht deiner Großmutter."

„Denn das würdest du auch tun, oder nicht, Liebling?" Oma Laureen winkte sie herüber, die Ghirardelli-Schokolade in ihren Fingern flatterte wie eine Flagge.

Cooper küsste Amber. Sanft, denn er hielt fünfzig Jahre alten Whiskey in einer Hand.

Sie führte ihn dorthin, wo ihre Familie eifrig wartete. Lara hielt ein bunt verpacktes Geschenk. Zwei weitere lagen zu Kaylees und Laras Füßen.

Amber runzelte die Stirn. „Weihnachten ist vorbei."

„Ich habe vergessen, die in die Taschen zu packen, die wir euch mitgeschickt haben", erklärte Oma Laureen. „Das ist nur was Witziges."

Inzwischen hatten sich alle im Wohnzimmer versammelt. Alex setzte sich auf die Lehne von Laras Sessel. James und Kaylee waren auf dem Boden, Seite an Seite, ihre Beine übereinandergelegt.

Opa saß in seinem gemütlichen Sessel, Oma neben ihm. Sie hielten sich dicht aneinander an den Händen, die Verbindung so fest, als wären sie eine Person.

Cooper fiel all das in dem Augenblick auf, als er das Zimmer betrachtete und die Leute in seinem Herzen, die um ihn herum waren.

Er setzte Amber neben sich auf dem Sofa ab, die Arme um sie geschlungen, aber er wusste, wären sie auf gegenüberliegenden Seiten des Raumes gewesen, hätte er sich in ihr genauso nahe gefühlt.

Amber stürzte sich auf ihr Geschenkpapier, während

Lara und Kaylee dasselbe taten. Glitzernde blaue und grüne und metallisch goldene Fetzen flogen durch die Luft, wie ein Mini-Nordlicht, das im Zimmer herrschte.

„Er ist zu süß." Lara hob einen Plüschwolf aus der Schachtel. Sie wandte sich an Alex und knurrte ihn damit an. „Fauch, fauch, *grrrr*."

„Ich habe einen Luchs", rief Kaylee. Sie legte das kissengroße Tier in James' Schoß und tat so, als würde sie ihn hinter den Ohren kraulen. „Sie ist süß. Danke, Oma."

Cooper hielt die Luft an. In den Augen seiner Oma tanzte der Schalk.

Amber zog einen Plüsch-Eisbären heraus. Unfassbar weich, und das kleine Ding hatte blaue Augen und eine süße, herzförmige Nase, und als Amber ihn in den Armen hielt, fiel Cooper beinahe von Sofa.

Sie sieht mit einem Baby gut aus. Hast du das gerade gesagt?, wollte sein innerer Bär ziemlich eifrig wissen. *Hast du* Baby *gesagt?*

Still, warnte ihn Cooper.

Ach, Teufel, nein. Ich bin nicht still. Verschweigst du mir etwas? Sein Bär hielt inne. Moment. *Warum frage ich eigentlich dich?*

Nicht ...

Es war zu spät. Sein Bär redete mit Amber, und ihre Wangen wurden noch röter, und ihre Augen leuchteten noch größer als die von Oma.

Er beachtete die Familie im Zimmer nicht und nahm Ambers Gesicht in die Hände, schaute ihr in die Augen, während er ihr die Wahrheit ausschüttete. „Ich liebe dich. Jetzt und für immer. Alles an dir, mit allem an mir."

Sie lächelte daraufhin, nur für ihn. „Ich liebe dich auch."

Amber wandte sich zurück zum Rest der Familie und dankte Oma lieb.

Ein Partner für diese perfekte Frau zu werden, war bereits das Beste, was ihm je passiert war. Cooper hielt sie fest, und den Plüsch-Eisbären, und beschloss, falls es in seiner näheren Zukunft lag, eine Familie zu werden, würde sein Leben wirklich gut werden.

Denn er tat es alles mit seiner Gefährtin.

PERSÖNLICHES TAGEBUCH, GILES BOREALIS SEN.

Zufriedenheit.

Oh, ich könnte es Stolz nennen, oder Errungenschaft, aber ganz gleich, wie gut meine Pläne funktioniert haben, in Wahrheit geht es an dieser Stelle des Spiels nur darum, dass meine Enkelkinder alle gesund, glücklich und gepaart sind.

Ich bin mir ziemlich sicher, dass Urenkel unterwegs sind, aber ich lasse die Jungs diese Kleinigkeit mit uns teilen, wenn es an der Zeit ist. In diesen Einzelheiten braucht nicht herumgestochert zu werden.

Noch nicht.

Nicht, dass ich mich jemals einmischen würde, wo ich nicht erwünscht bin, bloß nicht. Ich biete nur kluge und sachte Vorschläge, um diejenigen, die etwas Hilfe brauchen, um ihr volles Glück zu erlangen, ein wenig anzuschubsen.

Heute war die Erfüllung so vieler Pläne. Nachdem ich meine Kinder über Weihnachten nach Norden geschickt habe, war es nur das Richtige, dass sie herkommen und diesen Tag mit uns verbringen würden. Es war immerhin mein Geburtstag.

Die drei Paare zusammen zu sehen, hat mir gezeigt, wie perfekt jedes Paar füreinander ist, und doch so unterschiedlich.

James und Kaylee sind immer noch beste Freunde, doch die Liebe zwischen ihnen leuchtet heller als unser Namenspatron. Sie erfährt, dass ihr Wert nicht darin liegt, laut und gesprächig zu sein, sondern darin, ganz sie selbst zu sein. Obwohl ihre Menschenseite niemals der Star eines gesellschaftlichen Ereignisses sein wird, baut sie ein nettes Selbstvertrauen auf, während James sie bedingungslos liebt.

Ich freue mich, dass vor all den Jahren Kaylees Eltern und unsere Kinder zufällig nebeneinander gewohnt haben. Dieser Zufall hat es dieser speziellen Romanze gestattet, Wurzeln zu schlagen. Freunde als Kinder, für immer als Erwachsene.

Obwohl sie gewissermaßen immer noch spielerisch wie Kinder sind. Kaylees Luchs ist gestern mitten in die Rauferei eines Wolfsrudels gesprungen – oh, das Lachen der Jungs über ihre Dreistigkeit, und der völlige Schock auf diesen Wolfsgesichtern ...

Ich muss zugeben, dass ich mir niemals erträumt habe, dass meine Verwandtschaft in einem Wolfsrudel enden würde – einem Wolfsrudel! – oder gepaart mit der Alpha, aber Alex ist der perfekte Gefährte für Lara. Sie führt diesen unangepassten Mob mit Stärke und Weisheit, und er ist da, um sie zu unterstützen und sich um sie zu kümmern. Genau, wie es ein Partner machen sollte.

Und falls es trotzdem noch hin und wieder einen oder zwei Kämpfe gibt, nun, das ist der heißblütige Borealis in ihm, und der unzerbrechliche Lazuli-Geist in ihr, und ein paar hitzige Raufereien sind gut, um sich in diesem nördlichen Klima warm zu halten.

Seine Augen waren groß, als er insgeheim zu mir kam

und zugab, dass sie nicht immer in allem übereinstimmen. Ich versicherte ihm, dass seine Großmutter und ich einander Tag für Tag bis heute die Köpfe einrennen. Aber wir gehen niemals schlafen, ohne uns zu versöhnen, wie ich Alex versichert habe, und er stimmte zu, dass das eine gute Angewohnheit war.

Ich bin froh, dass dieses Mädchen beschlossen hat, zurück nach Norden zu kehren, wo ich sicherstellen konnte, dass sie sich die Köpfe einrannten, bis auch ihre Herzen dabei waren.

Und schließlich Cooper. Der Junge geht mit einer völlig erstaunten Miene durch die Welt. Er ist auch zurecht erstaunt über die perfekte Partnerin, die er in Amber gefunden hat. Ich muss zugeben, das Mädchen hat mich ein wenig überrascht. Ich tat, was ich konnte, um sie in die richtige Richtung zu schubsen – nur ein oder zwei Schubser, denn ich mische mich nicht gern ein.

Aber es waren ganz ihre Talente und ihr Mut – dazu gehört auch, sich gegen die Sturheit eines Eisbären zu stellen – die die endgültige Entscheidung herbeigeführt haben. Sie wird ihm eine verflixt gute Partnerin sein. Genauso wie er der Einzige ist, der perfekt ist, um ihr in Zukunft zu helfen. Ein Teil von Borealis Gems, ein Teil der Borealis-Familie. Der seine eigene Familie anfängt ...

Ja, ich habe so meine Vermutungen, aber nur, wenn sie den Zeitpunkt für richtig halten ...

Nächste Woche wäre gut.

In der Zwischenzeit habe ich neue Pläne zu schmieden, neue Intrigen zu spinnen. Mein Geburtstag mag ja vorüber sein, aber bald kommt ein spezieller Jahrestag mit der einzigen Frau, die jemals eine Chance auf mein Herz, meine Seele hatte.

An einer Ewigkeit mit einer Partnerin zu arbeiten,

perfekter kann das Leben nicht werden, und genau das wollte ich für meine Enkelsöhne.

Ich weiß, was die Liebe einem Mann beschert. Ich weiß es jeden Tag zu schätzen, zusammen mit dem süßen, großzügigen Herzen meiner Laureen. Ich weiß nicht, was ich ohne sie tun würde. Wie gut, dass ich das nicht herausfinden muss. Die Paarbindung hält für immer, und das ist genau, was ich will.

Auf ewig mit ihr.

EPILOG

Laureen Borealis schüttelte den Kopf, als sie oben an der Treppe immer noch das Licht leuchten sah.

„Er ist weg und hat wieder mal das Licht angelassen. ‚Ich lasse nie das Licht an, meine Liebe'", grollte sie, während sie Giles nachahmte. „Das würde dieser Mann mir sagen, aber hier ist der Beweis."

Sie lächelte aber, als sie die breiten Stufen zur Höhle ihres Mannes hinaufging. Die üppige Ausstattung aus Holz passte zu seinem Stil, freundlich und gemütlich zur selben Zeit.

Vielleicht zu gemütlich ...

Giles saß an seinem Schreibtisch, doch er arbeitete nicht. Mit den Füßen auf dem Schreibtisch, den Kopf zurückgelegt, ein Lächeln auf den Lippen. Leise schnarchend, die Hände auf der Brust gekreuzt. Er hielt seinen Ehering, als wolle er ihn beschützen.

Erneut blühte starke Liebe auf, so, wie es jeden Tag gewesen war, seit er vor beinahe sechzig Jahren in ihr Leben getreten war. Ihr Partner – ihr Herz.

Ihr ein und alles.

Laureen bewegte sich vorsichtig, um ihn nicht zu wecken, räumte das Glas und die Schale vom Schreibtisch ...

Sein Tagebuch lag offen da. Seine großzügige Handschrift war wie ein Kunstwerk, und sie ging näher, um seine schön geschwungenen Buchstaben und den perfekten Satzbau zu bewundern ...

Okay, gut. Sie war neugierig und wollte sehen, was er geschrieben hatte. Er hatte ihr schon vor langer Zeit die Erlaubnis gegeben, es sich anzuschauen, denn er sagte, dass er niemals irgendwelche echten Geheimnisse vor der Frau haben würde, die er mehr liebte als das Leben.

Er hatte zugegeben, dass ihm gefiel, dass sie es sehen und jenen innersten Teil von ihm verstehen wollte – seine Gedanken.

Es dauerte nur einen Augenblick, den jüngsten Eintrag zu überfliegen, und, bis sie fertig war, war ihr Lächeln breiter und ihr Herz noch voller. Zu lesen, was er im Hintergrund getan hatte, um für ihre Enkelkinder alles perfekt einzurichten, war unterhaltsam gewesen.

Giles war keineswegs bescheiden gewesen – nicht, dass sie von ihm erwartet hätte, in seinen privaten Tagebüchern jemals etwas anderes als angeberisch zu sein. So zog er im großen Stil den Hut vor seinen erfolgreichen Einmischungen und Manipulationen.

Er hatte es gut gemacht, und sie war stolz auf ihn. Allerdings ...

Seine Listen waren nicht die *ganze* Wahrheit, doch das wusste er nicht.

Oh, er hatte eine Menge getan. Geplant und intrigiert und Vorschläge gemacht und Marionettenfäden gezogen, an Stellen, die entscheidend schienen.

Sie hätte es ohne ihn nicht geschafft.

Ihre Lippen zuckten erheitert.

Sie hatte ihre eigenen Intrigen und Pläne gemacht, die lange vor letztem Weihnachten begonnen hatten. Damals hatte sie schließlich beschlossen, dass alles an Ort und Stelle war.

Sie konnte sich immer noch an die Unterhaltung erinnern, die sie geführt hatten, nachdem die Familie aufgebrochen war. Die Geschenke alle ausgepackt, die Abschiede und guten Wünsche für ihren Sohn und ihre Schwiegertochter auf dem Weg, da Giles junior und Glenda das Land verlassen und die Verantwortung ihren Enkeln übertragen hatten ...

~

SIE UND GILES HATTEN SICH AM FEUER NIEDERGELASSEN, ein Glas Wein für sie, ein Whiskey für ihn.

„Familienbesuche sind das Beste." Giles seufzte schwer, Zufriedenheit in seinem Tonfall.

„Das sind sie. Ich bekomme nie genug davon." Laureen ließ ihre Stimme beim letzten Wort ein kleines bisschen beben.

Giles schoss sofort hoch, beobachtete sie genau. „Was ist denn, meine Liebe?"

Wie lange musste sie warten, um die größtmögliche Wirkung zu erzielen? Sie holte tief Luft und stieß sie gemessen wieder aus, ein leiser, trauriger Klang glitt durch die Luft. „Ach, nichts."

Er bewegte sich, als wären die Jahre nichts, war sofort zu ihren Füßen, während er ihr besorgt in die Augen sah. „Komm schon, Liebling. Keine Geheimnisse zwischen uns."

„Du hältst viele Dinge vor mir geheim", erklärte sie,

kämpfte gegen die Erheiterung an, um die Fassade der Traurigkeit aufrechtzuerhalten.

„Nur, wenn ich glaube, dass die Geheimnisse dich später einmal glücklich machen werden", versprach er.

„Charmeur."

„*Dein* Charmeur", beharrte er. Dann hob er sie auf typische Giles-Art hoch und ließ sich auf dem Sessel nieder, diesmal mit ihr auf dem Schoß. „Jetzt sag mir, was deine süße Miene in dieses besorgte Stirnrunzeln abgleiten lässt."

Laureen drängte nicht – sie war eine gute Schauspielerin, aber Giles war kein Narr. Sie fütterte ihn mit ihrer vorbereiteten Geschichte.

„Wenn Giles junior und Glenda über ein Jahr lang weg sind, wird es für mich ein wenig einsamer. Oh, ich weiß, dass ich dich habe" – sie legte ihm in ehrlicher Bewunderung eine Hand auf die Brust – „aber die Enkelkinder sind so in ihre eigenen Pläne verstrickt. Besonders jetzt, da sie mehr Verantwortung in der Firma bekommen haben."

„Sie arbeiten gut", erklärte ihr Giles stolz. „Sie werden erstaunliche Dinge für Borealis Gems tun. Sie sind alle so stark und talentiert in ihren Aufgaben."

„Sind sie. Da kommen sie nach ihrem Vater und dem Vater ihres Vaters." Sie tippte ihm rasch auf die Nase und sah zu, wie sein Grinsen bei ihrer spielerischen Art breiter wurde. Dann seufzte sie leise. „Aber nur Arbeit und kein Vergnügen funktioniert nicht, Giles. Ich habe lange gebraucht, um dir beizubringen, wie man sich entspannt. Und Glenda ist diejenige, die sicherstellt, dass unser Sohn sich Zeit nimmt, um an den Blumen zu riechen. Wer wird da sein, um unsere Enkel wissen zu lassen, dass es mehr im Leben gibt als einen Geschäftsabschluss?"

Giles blinzelte. „Oh.“

Sie schmiegte sich an seine breite Brust, wie sie es schon seit Jahren tat. Während sie dort war, wunderte sie sich ein wenig, dass dieser süße, entschlossene Eisbären-Shifter, der ihr Herz erobert hatte, keine Ahnung hatte, dass sie in ihm lesen konnte wie in einem Buch.

„Nun, Arbeit ist wichtig“, setzte Giles an.

„Arbeit ist sehr wichtig“, stimmte sie zu. „Ich könnte mir für die Firma nichts Besseres wünschen, als dass unsere Enkel das Sagen haben. Aber wenn das bedeutet, dass sie es hinauszögern, sich zu verlieben und eine eigene Familie zu gründen, nun, dann.“ Sie schoss hoch, zog nicht nur ein Schauspiel auf, sondern teilte ihm die Wahrheit mit, die sie bis ins Innerste spürte. „Ich würde das ganze Geschäft Midnight Inc. übergeben und wäre fertig mit Borealis Gems, falls es Cooper, Alex und James beim Finden ihrer Partnerinnen und der ewigen Liebe im Wege steht.“

Giles kicherte über ihren Tonfall. „Du bist großartig, wenn du Feuer und Flamme bist.“

„Es ist eben so, dass ich dich so sehr liebe“, sagte sie aufrichtig. „Du bist mein Herz, Giles Borealis, und vergiss das bloß nicht.“

„Ich liebe dich, Laureen Borealis, und überlass die Jungs nur mir. Ich glaube, ich werde mit deinen Sorgen ganz locker fertig“, versprach er.

UND GENAU DAS HATTE ER GETAN, ODER SO SCHIEN ES zumindest.

Man musste Giles nichts an die Zeit erinnern, die sie mit Kaylee und James verbracht hatte, als sie jünger gewesen waren, während sie die beiden Kinder in eine tiefgehende, intensive Beziehung geführt hatte, die im perfekten Augenblick bereit sein würde, aufzublühen.

Es gab keinen Grund, zu erwähnen, dass Laureen der Lazuli-Familie schon vor Jahren begegnet war, damals auf dem College. Dass sie die Eltern ermutigt hatte, überhaupt erst nach Yellowknife zu ziehen.

Und als Lara weg ans College gegangen war, hatte Laureen durch einen monatlichen „Buchklub"-Besuch bei Amethyst Lazuli Kontakt mit dem Orionrudel gehalten. Oh, ja, es hatte einiges hinter den Kulissen zu erledigen gegeben, um sicherzustellen, dass Lara, wenn sie zurückkehrte, einen Ort vorfand, den sie zusammen mit Alex Heimat nennen konnte.

Und das bisschen Hilfe, das sie womöglich Amber geleistet hatte, um sicherzustellen, dass sie bereit war, sich ihrer Herausforderung zu stellen – nun, das war einfach nur eine Frau gewesen, die einer anderen Frau half, in der Wildnis des Nordens auf die Beine zu kommen.

Laureen warf einen weiteren Blick auf die Seiten von Giles' Tagebuch.

Es war verlockend, eine Haftnotiz anzubringen. Ein paar Zeilen hinzuzufügen, die sich auf die Dinge bezogen, die sie in Bewegung gesetzt hatte, aber andererseits ging es nicht darum, wer was getan hatte.

Ihre Enkel waren gepaart. Darum ging es. Es hatte ein wenig Anstrengung bedurft, aber es hatte sich alles gelohnt. Giles war glücklich, sie hatte jetzt Enkeltöchter, und bald würde es Urenkel-Babys zum Knuddeln geben.

Den Rest der Geschichte brauchte er nicht zu erfahren.

Zufrieden drückte sie ihm einen Kuss auf die Lippen.

Giles lächelte, ohne die Augen zu öffnen. „Was habe ich da nur für einen wunderbaren Traum."

„Kein Traum. Nur ein alltägliches, gewöhnliches Ereignis", flüsterte sie.

Das ließ ihn sofort wach werden. Er zog sie auf seinen Schoß, dieser Shifter, mit dem sie den Großteil ihres Lebens verbracht hatte. Er schaute ihr ins Gesicht, seine Finger streifen leicht ihre Wange. „Ein Kuss von dir ist weit entfernt von etwas Gewöhnlichem, meine Liebe. An dir ist eine Magie, und sie betört meine Sinne und erfüllt meine Seele mit Freude."

„Süßholzraspler." Sie beugte sich näher heran und küsste ihn wieder, denn gutes Betragen sollte belohnt werden.

Er summte glücklich.

„Er vergöttert dich absolut."

Die Stimme in ihren Kopf, die Giles war, aber auch wieder nicht, war ihr so vertraut wie das Atmen. *„Ich vergötterte ihn auch, und dich auch, mein süßer Bär."*

„Natürlich vergötterst du mich. Ich bin der Beste aller Bären, was denn sonst. Ich bin derjenige, der wusste, dass du uns gehörst, bevor er es tat."

„Kluger, wunderschöner Bär", stimmte Laureen zu.

„Und süß. Vergiss süß nicht", drängte Giles' Bär, ehe er ihr so etwas wie einen Kuss auf die Nase gab.

„Hört auf zu flirten, ihr beiden", sagte Giles, aber es war keine Beschwerde. Es war Freude und Ewigkeit und Familie.

Laureen spürte Zufriedenheit bis in die Zehenspitzen. Enkelkinder, die glücklich waren, Kinder, die ein erfülltes Leben lebten, und das Herz ihres Herzens *und* sein Bär, die sie liebevoll anschauten.

Sie hätte es nicht besser einrichten können, wenn sie es versucht hätte.

FINDE DIE EINE – SONST KRACHT'S!

Als ihr kuppelsüchtiger, sich ständig einmischender Familienpatriarch dieses Gesetz festlegt, wollen Giles Borealis' drei Eisbären-Shifter-Enkelsöhne Folge leisten. Nur dass James, Alex und Cooper einen ganz anderen Plan haben, um mit ihrem anstehenden Paarungsfieber fertig zu werden. Wird sich einer von ihnen dem Schicksal entziehen können?

Spoiler: sehr unwahrscheinlich!

Borealis-Bären
Die Erwählte des Bären
Die Auserkorene des Bären
Die Gefährtin des Bären

Vivian lässt derzeit ihre vielen Serien übersetzen. Bitte besuchen Sie deren Website für alle aktuellen Informationen.
www.vivianarend.com/de

ÜBER DIE AUTORIN

Mit über 3 Millionen verkauften Büchern ist Vivian Arend eine *New York Times-* und *USA Today*-Bestsellerautorin von mehr als 70 zeitgenössischen und paranormalen Liebesromanen.

Ihre Bücher lassen sich alle einzeln lesen und haben keine Cliffhanger. Sie sind witzig, aber auch emotional, es gibt heiße Szenen und glückliche Enden. Für Vivian ist das der beste Job der Welt. Sie lebt in British Columbia, Kanada, zusammen mit ihrem langjährigen Mann und einem flauschigen, angriffslustigen Shih Tzu namens Luna, die alle ignoriert, außer es gibt Leckerlis.